운수 대통령

운수 대통령 1

초판 1쇄 인쇄일 2015년 12월 18일 **l 초판 1쇄 발행일** 2015년 12월 23일

지은이 송근태 l **펴낸이** 곽중열 l **담당편집 팀장** 이범수
편집부 신연제 이윤아 김호성 김은경

펴낸곳 (주)조은세상 l 출판등록 제 2002-23호
주소 경기도 연천군 미산면 청정로 1355
TEL 편집부 02)587-2966 l FAX 02)587-2922
e-mail bukdu@comics21c.co.kr

ⓒ송근태 2015
ISBN 979-11-5832-395-0 l ISBN 979-11-5832-394-3(set) l 값 8,000원

운수
대통령

송근태 현대 판타지 장편소설

NEO MODERN FANTASY STORY

북두
(주)좋은세상

NEO MODERN FANTASY STORY

송근태 현대 판타지 장편소설

프롤로그

운수 대통령

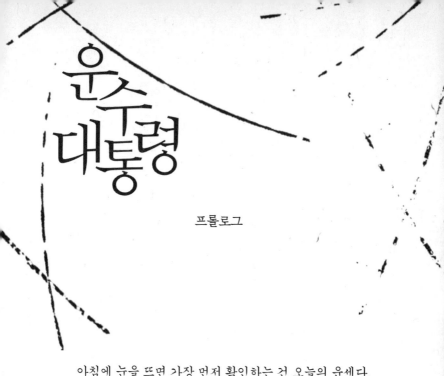

운수 대통령

프롤로그

아침에 눈을 뜨면 가장 먼저 확인하는 건 오늘의 운세다.

익숙해진 손동작으로 운수 대통령이라는 이름의 어플리케이션을 실행한다.

행운의 아이템은 안경알 없는 뿔테 안경.

행운의 색깔은 파란색.

행운의 장소는 PC방.

나는 오늘도 운수 대통령이다.

송근태 현대 판타지 장편소설

첫 번째 이야기
운수 대통령

운수 대통령

운수
대통령

첫 번째 이야기
운수 대통령

늦은 밤.

최창수는 스탠드 불빛에 의존해 참고서와 씨름 중이었다.

부모님은 방 불을 켜고 하라했지만, 스탠드의 불빛은 참고서만 보여줘서 집중이 더 잘된다.

'슬슬 들어오는 양이 적어지네.'

야간자율학습 시간에 4시간 동안 공부, 끝나고 집으로 돌아와 저녁식사 후 다시 이어진 4시간의 공부.

도합 8시간의 공부는 체력과 정신력을 더욱 빠른 속도로 갉아먹고 있다.

"으아, 쉴 시간이 없는데."

의자에 등을 기댄 최창수는 달력을 확인했다.

벌써 7월.

앞으로 몇 개월 후면 수능…….

잠자는 시간까지 쪼개면서 공부해야만, 원하는 대학에 입학할 수 있다.

예전부터 꾸준히 공부했다면 큰 무리는 없을 대학.

하지만 고등학교 2학년 때까지 내신을 버리다시피 생활한 최창수에게는 제법 난이도가 높은 대학교였다.

"어쩌다 일이 이렇게 꼬였냐."

원래는 대학교 진학에 꿈이 없었다.

고등학교를 졸업하면 바로 공사장을 전전하면서 목돈을 모은 뒤, 군에 입대하기 전까지 자유롭게 세계를 누빌 생각이었다.

방대한 경험을 쌓을 수 있는 시간은 젊을 때밖에 없으니까.

군 전역을 하면 그때부터는 어엿한 성인으로서 열심히 돈을 벌어야만 했다. 여자 친구도 사귀고, 결혼도 하고, 집이랑 차도 사고, 마지막에는 자식도 낳고.

그때가 되면 구속이 심해진다.

그래서 그 전에 충분히 놀아둘 생각이었는데…….

1년 전에 아버지로부터 불호령이 떨어졌다.

세계여행도 좋고 뭐든 좋으니 우선 대학교 입학은 반드시 하라고! 어중간한 대학이 아니라 확실하게 좋은 대학으로!

처음에는 자기 인생 자기가 살겠다고 치기 어린 말을 내뱉었지만, 아버지가 고른 대학에 합격하면 세계여행 비용을 절반이나마 부담해주겠다는 말에 혹 해버리고 말았다.

아버지가 비용부담만 줄여준다면 몇 몇 포기한 나라에도 자신의 발자국을 찍을 수 있다.

결코 나쁜 제안이 아니었기에 최창수는 그 날을 기점으로 닥치는 대로 공부에 몰두했다.

다행이도 머리 하나는 타고난 편이었고, 몇 개월만 더 이 상태를 유지하면 목표인 대학에 턱걸이로나마 입학이 가능할 거 같았다.

"아 공부하자~ 대학가자~ 오늘도 덩실덩실~"

피곤함을 잊기 위해서 콧노래를 부르며 다시 참고서를 바라봤다.

"내일부터 말이지."

바로 침대에 몸을 던졌다.

· · · ◆ · · ·

다음 날.

학교 수업이 끝나려면 아직 5교시나 더 남았음에도 불구하고 하품은 입이 찢어질 정도로 계속 나왔다.

'아이고야, 오늘 길에 박카스 한 병 마셨는데도 이러네.'

책상에 엎어지면 5분 만에 잠 들 피곤함.

당연히 수업에 집중이 될 리가 없었다. 대학에 뜻을 품은 이상 어떻게 해서든 잠을 쫓아내야 한다.

"야."

최창수는 바로 옆에 앉은 친구에게 말을 걸었다.

서유라.

같은 중학교 출신이고, 고등학교 때 와서 친해진 여학생이었다.

2학년 때까지는 최창수보다 학업성적이 좋았지만, 최창수가 본격적으로 공부를 시작하면서부터 조금씩 밀리는 중이었다.

충분히 질투할 상황이건만, 그녀는 드디어 오랜 친구가 정신을 차린 거 같아서 기분이 좋았다.

"수업 중인데 왜 말 걸어?"

"내가 지금 되게 졸리거든? 근데 알다시피 자면 안 되는 몸이잖아. 자려고 하면 내 허벅지 꼬집어."

"아플 텐데?"

"아파야 잠이 깨지. 알았지?"

서유라가 알았다는 듯 고개를 끄덕였다.

최창수는 선생님에게 너무 졸려서 그런데 가볍게 세수 좀 하고 와도 되냐 허락 받았고, 곧장 실행으로 옮겼다.

찬 물로 세수를 하니 오던 잠이 확 사라졌다.

하지만 그것도 잠시.

10분 채 되지 않아 다시 잠이 솔솔 찾아왔다.

"윽!"

몇 번 고개를 꾸벅이고 있자니 서유라가 최창수의 허벅지를 꼬집었다. 따끔한 감각! 생각보다 많이 아팠지만 효과는 확실했다.

하지만 그것도 몇 번.

점심시간이 됐을 때는 완전히 야근하고 퇴근한 직장인의 얼굴이 됐다.

"아……."

"왜 멍 때려? 밥 안 먹어?"

"아, 난 됐다. 오늘 점심 거르고 그냥 자련다."

"이따 배고플 텐데?"

"매점 있잖아. 정 배고프면 거기 가지, 뭐. 잔다."

최창수는 바로 교과서를 배게 삼아 수면에 빠졌다. 엎어지자마자 코는 고는 솜씨! 서유라를 속으로 어이없는 감탄을 터트렸다.

최창수는 점심시간이 끝날 때까지 숙면을 취했고, 수업시간이 됐을 때는 멀쩡한 정신으로 교과서와 씨름을 할 수 있었다.

마침내 길고 길었던 6교시가 드디어 끝났다.

최창수의 학교는 선택제 야간자율학습 방식을 채용하고 있다.

작년까지만 해도 최창수는 바로 하교를 했지만 이제는 그 누구보다 빨리 야간자율 교실로 이동해 참고서를 펴는 모범학생이 됐다.

빈 교실.

혼자서 공부를 하고 있자 교실 문이 열렸다.

누군가 했더니만 같은 반 학생인 구자용이었다.

"이야~ 내가 일등인 줄 알았는데 2등이 먼저 와 있었네?"

구자용.

고등학교 1학년 때부터 전교 10위권에 항상 들었고, 반에서는 1등을 놓친 적이 없는 학생이었다.

"하긴, 이럴 때라도 1등을 해야지."

구자용이 비아냥거리며 창가 자리에 앉았다.

최창수와 한창 떨어진 자리. 도발은 했지만 혹여나 아무도 없는 틈을 타서 폭력이라도 당하면 어쩌나 겁이 들었기 때문이다.

"이번에는 1등하려고."

본래 구자용은 최창수에게 아무런 관심도 없었다.

오히려 지금 놀면 나중에 인생 패배자가 된다고 남 몰래 뒤에서 욕할 뿐이었다.

하지만 최창수가 엄청난 노력으로 인해서 3학년 1학기 중간고사 때 반에서 20등, 기말 때는 12등, 여름방학 전 모의고사 때는 반에서 2등까지!

게다가 전교 성적도 크게 차이나지 않는 상황까지 오자 조바심이 들었다.

그러다 보니 가만히 있는 최창수를 이유도 없이 신경을 건드리면서 자기 나름의 견제를 하게 됐다.

오늘처럼 피곤한 날에는 그 시비가 상당히 거슬리지만, 그래도 반응은 절대 하지 않았다.

'어차피 평생 저러고 살 놈인데 뭘.'

구자용을 신경 쓸 시간에 영어단어 하나라도 더 외우는 게 낫다.

6시부터 야간자율학습이 시작됐다.

앞으로 3시간 동안은 무조건 공부! 또 공부!

1시간은 국어, 1시간은 수학, 1시간은 영어.

최대한 효율적으로 시간을 투자했고, 순식간에 야간자율학습이 끝났다.

이제 그만 돌아가라는 선생의 말에 최창수는 참고서를 정리하고 복도로 나갔다.

비상탈출구의 불빛 말고는 아무것도 없어 캄캄한 길.

손전등 어플리케이션을 실행하자 주변이 환해졌다. 그 빛을 벗 삼아 1층으로 쭈욱 내려갔다.

그때였다.

"억!"

바로 뒤에서 학생 몇 명이 달리는 소리가 들리더니만 강렬한 충격이 등을 덮쳤다.

쿵!

버티지 못하고 쓰러져버리고 말았다.

"아이 씨! 뭐야!"

확 고개를 돌리자 같은 반 친구 몇 명이 미안하다는 표정으로 자신을 바라보고 있었다.

"어. 차, 창수야 미안. 설마 넘어질 줄은 몰랐어."

"너희들……."

계단이었으면 굴러 죽었어!

소리 지르고 싶었지만 친구들의 장난이란 걸 알게 되자 머리끝까지 올라오던 화가 한 여름날 눈처럼 사라졌다.

"후우…… 이런 장난치지 마라."

"진짜 미안하다, 다친 데 없냐?"

"학생은 머리랑 손만 멀쩡하면 공부할 수 있지! 다른 데는 다쳐도 상관없어."

조금 쓰라린 무릎을 펴고 일어났다. 그리고 저 멀리, 거꾸로 뒤집혀 환한 불빛을 내고 있는 자신의 휴대폰을 주웠다.

"이 씨발?!"

휴대폰을 보자마자 사라졌던 화가 다시 피어올랐다.

"야! 액정 깨졌잖아, 어떡할 거야!"

"헐 진짜냐?"

"아 진짜…… 이거 바꾼 지 얼마 안 됐다고!"

최창수는 생각했다.

휴대폰이 고장 났으니 수리 좀 해달라는 얘기를 들은 아버지를…….

아무리 요즘 아버지 마음에 쏙 들게 행동하고 있더라도

이 문제는 쉽게 못 넘어갈 게 분명하다.

게다가 스스로 결심한 게 있다.

세계여행 비용 말고는 절대로 부모님에게 손을 벌리지 말자고.

자영업을 하는 자신의 부모님.

반 년 전, 근처에 등장한 거대 프랜차이즈 때문에 큰 골치를 썩고 계시다.

그렇다고 휴대폰 없이 생활하자니 앞날이 캄캄해졌다.

간혹 휴식 때 게임을 하기도 편리하고, 무엇보다 버스를 타고 오가는 길에는 참고서 대신 휴대폰 어플리케이션을 이용해서 공부를 해왔다.

고민 끝에 최창수가 친구들에게 말했다.

"야, 이번 주까지 2만원만 가져와. 그 돈하고 내 돈 합쳐서 수리해야겠다."

학생에게는 거금인 2만원.

하지만 자신들의 행동에 책임을 느꼈기에 친구들은 고개를 끄덕였다.

· · · ◈ · · ·

주말이 됐다.

토요일 날 점심때까지만 학교에서 공부를 한 최창수는 서비스 센터가 아닌 천안역으로 향하는 중이었다.

'그 기종을 고작 30만원에 판다니.'

휴대폰이 고장 난 그 날.

집에 돌아온 최창수는 수리 가격을 확인했고 20만원이란 숫자에 두 눈이 휘둥그레졌다.

친구들이 2만원씩 줘도 6만원.

저금통을 털어도 4만원이 부족했다.

그렇다고 다음 달 용돈 날까지 기다리자니 그 날이 너무나 멀게 느껴졌다.

고민 끝에 중고 휴대폰이라도 구매하기로 했다. 유심 칩만 옮기면 바로 사용이 가능하니까.

하지만 16만 원짜리 휴대폰은 눈 씻고 찾아봐도 보이지 않았다. 대부분 25만 원 이상, 간혹 흥정을 통해 비슷한 가격대에 맞출 수 있는 휴대폰은 또 너무 마음에 들지 않았다.

그때 최창수의 시선을 사로잡는 게시물이 있었다.

자신의 것과 같은 휴대폰, 판매 가격은 30만원!

아무리 중고라도 50만원은 줘야 구매가 가능한 기종이었다.

'내가 가진 돈을 다 합치면 16만원. 액정이 나갔더라도 20만원은 받을 수 있겠지.'

하지만 가격이 워낙 저렴해서 스무 명이 넘는 구매 희망자가 나타났다.

다급함을 느낀 최창수는 판매자에게 자신의 사정을 설명했고, 돈 없는 학생이라 하자 바로 팔겠다는 대답을 들었다.

운
대통령

바로 결정을 내린 최창수는 다음 날 하굣길에 중고 휴대폰 샵에다가 자신의 휴대폰을 팔았다. 액정 말고는 상태가 워낙 좋아서 25만원이나 받게 됐다.

'후후, 휴대폰을 구매해도 11만원이 남아!'

그 돈으로 수능특강 문제집을 살 생각이었다.

휴대폰 판매자와 만나기로 한 천안역.

최창수는 엄마에게 사정을 숨기고 빌려온 휴대폰으로 전화를 걸었다.

"예, 대머리 님이죠? 휴대폰 구매한다는 그 학생인데요. 저 천안역이거든요, 지금 어디세요?"

"제가 사정이 생겨서 못 나가게 됐습니다."

마치 헬륨가스를 들이마신 듯한 이상한 목소리.

하지만 휴대폰 구매가 더 급해서 신경 쓰이지 않았다.

"그럼 휴대폰은 어떻게 되는데요?"

"너무 걱정하지 마세요. 이럴 거 같아서 다른 곳에 맡겨 뒀습니다. 지금부터 제가 가라는 곳으로 쭉 가면 됩니다."

"빨리 말해주세요."

휴대폰 판매자는 어느 어느 길로 가라고 알려줬고, 최창수는 정확하게 발걸음을 옮겼다.

'뭔가 으스스한데……'

시키는 대로 걷고 있자니 대낮인데도 인적 하나 없는 골목에 들어오게 됐다.

'설마 사기는 아니겠지?'

예전에 봤던 뉴스가 떠올랐다.

물건을 판매한다고 으슥한 곳으로 불러와 그대로 납치한다는…….

'서, 설마 아니겠지! 천안이 얼마나 살기 좋은 도시인데.'

그 불안을 덜어주려는 듯 휴대폰 판매자가 말했다.

"이제 거기서 왼쪽을 보세요."

설마 왼쪽에 납치범이라도 있나? 그 생각이로 왼쪽을 바라보자 고철이나 다름없는 캐비닛이 보였다.

"캐비닛 3층 4번째 자리에 휴대폰이 있을 겁니다. 그곳에 돈을 넣고 휴대폰을 가져가시면 됩니다, 그럼 이만."

연락은 거기서 두절됐다.

'뭐지?'

전화통화가 시작됐을 때부터 지금까지 수상하지 않은 점이 하나도 없었다.

'설마 알고 보니 낚시였다거나, 그런 건 아니겠지.'

지금껏 이어진 상황이 만든 의심을 가슴에 품고 조심스레 캐비닛을 열었다.

자신의 것과 똑같은 기종의 휴대폰이 하나 놓여 있었다.

'다행이 사기는 아니네.'

최창수는 바로 휴대폰을 꺼내 전원을 켰다. 그 다음 제품에 하자가 없는지 꼼꼼히 확인했고, 캐비닛에 30만원을 넣었다.

솔직히 휴대폰만 갖고 도망가도 문제가 없는 상황.

하지만 그깟 돈 때문에 양심을 버리고 싶지 않았다.

기존 휴대폰에서 유심을 빼 새로 구매한 휴대폰에 유심을 꽂았다.

초록색 캡슐 로봇이 나와 로딩의 시작을 알렸다.

그리고 로딩이 끝나자…….

〈반갑습니다, 운수 대통령님〉

〈오늘의 운세를 알려드릴게요!〉

운수 대통령이란 이름의 어플리케이션이 멋대로 실행됐다.

· · · ◈ · · ·

〈2015년 7월 26일 운수 대통령님의 운세입니다.〉

〈행운의 아이템 : 2014 EBS 수능특강 국어 A형 문제집〉

〈행운의 색깔 : 초록색 세 개 이상〉

〈행운의 장소 : 인구 수 30 이상인 밀폐 공간〉

"이게 뭐야?"

예전에 심심풀이로 설치했던 행운의 운세와 비슷했다. 다른 점이 있다면 좀 더 구체적이라는 것.

'판매자가 실수로 이것만 안 지웠나?'

운수 대통령만 제외하면 나머지는 초기 구매 제품이랑 동일했다.

'이런 걸 믿는 사람이었나?'

최창수는 종교도 운세도 믿지 않는 편이다.

그 날, 멀리 내다 봐 미래의 운수는 자신의 선택에 달린 문제라 생각하니까.

때문에 운수 대통령이 알려주는 각종 행운요소도 단순한 장난으로만 생각했다.

"이크, 아버지네."

운수를 믿지 않는 이상 이 어플리케이션은 용량만 차지하는 골칫덩어리다. 지우려던 찰나 아버지로부터 전화가 걸려왔다.

'보나마나 엄마 휴대폰 갖고 어디 갖냐고 하겠지.'

어릴 적부터 아버지와 제법 친하게 지내왔다. 이제는 아버지 표정만 봐도 무슨 생각을 하는 지 전부 알 정도로 부자사이가 돈독하다.

어차피 천안역에서 집까지 도보로 15분.

전화를 무시하고 곧장 집으로 달려갔다.

"다녀왔습니다."

현관문을 열자 5년 전부터 부모님의 소유물이 된 집 거실이 보였다. 부모님은 TV를 보면서 한창 식사 중이었다.

"창수 너. 이리로 와 봐."

수저를 놓으며 아버지가 말했다.

"또 왜요······."

"왜긴, 이 녀석아. 아빠가 전화를 하면 받아야지, 왜 안 받아?"

"휴대폰 무음으로 해둬서 몰랐어요. 자, 엄마. 휴대폰 잘 썼어."

"어디다가 썼니? 네 휴대폰은 어쩌고?"

"내 휴대폰이야 여기 있지."

최창수는 오늘 구매한 휴대폰을 보였다.

"잠깐 뭐 할 게 있어서 빌려간 거야."

"이상한 일 한 건 아니지?"

"지금 내 상황에 그럴 여유가 있나? 도서관이나 갔다 올 게."

"너무 늦지 않게 와라."

"네네."

건성으로 대답하고 최창수는 바로 방으로 들어가 도서관에 가져갈 참고서를 챙겼다.

아까는 새 휴대폰을 구매한다는 기쁨 때문에 몰랐는데.

잠깐 집에 들렀다 나오니 날씨가 찜통 그 자체였다.

그 덕분에 도서관으로 향하는 발걸음이 평소보다 더욱 빨랐다.

"아 참, 문제집 사고 가야지."

집에서 챙겨온 참고서는 이미 몇 번이고 본 것들이었다.

대부분의 내용은 전부 머릿속에 들어있는 상황, 이제 슬슬 새로운 참고서가 필요했다.

마침 돈도 남았겠다, 비록 두 다리는 어서 도서관으로 가라 재촉하고 있지만 밖에 나온 김에 전부 해결하기로 했다.

최창수는 천안역 근처에 있는 작은 서점에 들어갔다.

예전에는 관심도 없던 참고서와 문제집.

하지만 지금은 무엇보다 중요한 서적이 한 가득 진열되어 있다.

'참고서는 충분히 있으니까 이번에는 문제집 위주로 사 볼까.'

최창수는 2015 EBS 수능특강 문제집 중에서 수학과 영어 과목을 집었다. 대표 네 과목 중에서 유독 두 과목에서 약한 터라 더욱 집중적으로 공부해야 한다.

'국어는 거의 올백이나 다름없고, 과학은 과학 선생님이 남는 거 한 권 준다했으니 살 필요 없겠지.'

결론을 내리고 바로 계산대로 향하려 했다.

그때 시선을 사로잡는 게 있었다.

'이건……'

2014 EBS 수능특강 국어 A형 문제집.

중고 서적 란에 버젓이 꽂혀 있었다.

단순한 문제집인데, 자신을 사면 행운을 가져다준다고 속삭임이라도 하는 거 같다.

'……3천원 밖에 안 하니까.'

절대 운수 대통령 때문이 아니라, 어디까지나 저렴한 가격에 작년 수능 대비 문제집을 봐두고 싶은 거야.

아무도 추궁하지 않았는데 스스로 변명하며 그 문제집까지 총 세 권을 구매했다.

· · · ◈ · · ·

근처에서 가장 큰 규모인 중앙 도서관.

최창수는 3층에 있는 제1열람실에 들어가 적당한 자리에 앉았다.

"천국이 따로 없네."

찜통이었던 바깥과 달리 열람실은 한 겨울처럼 추울 만큼 에어컨 냉기가 가득했다. 만일을 대비해 가져온 카디건을 입고, 자신만의 세상에서 공부를 하기 위해서 귀마개까지 꼈다.

그리고 이어지는 무한집중!

새로 구매한 문제집을 펼치고 바로 공부모드에 들어갔다.

오늘의 목표는 새 문제집을 50페이지까지 정복하는 것!

10페이지 간격으로 10분씩 휴식을 취하기로 했다.

알고 있던 내용은 좀 절대 잊지 않기 위해서, 모르던 내용은 머릿속에 집어넣기 위해서 두 눈으로는 문제집을 읽고 오른손으로는 공책에 그 내용을 적어 내려갔다.

'수능 문제답게 좀 어렵네.'

자리에 앉은 지 30분 째.

한 시간에 10페이지라는 목표와 달리 이제 막 4페이지에 있는 문제를 푸는 중이었다.

'참고서랑 수업만으로는 한계가 있는 건가.'

당장 가정형편만 보면 학원정도는 어떻게든 다닐 수 있다. 대신 반찬이 빈약해지고, 또 부모님이 뒤에서 앓는 소리하는 걸 듣고도 모르는 척 해야 한다.

당연히 과외는 꿈도 못 꾼다.

물론 자식의 성공을 위해서라면 뭐든 하실 분들이지만……

'그러고 보니 구자용 그 녀석…… 과외만 세 개를 받는다고 했나.'

비록 성격은 삐뚤어졌지만 학업성적만큼은 우수하다. 듣기로는 집안도 제법 부유하다고 한다.

그야말로 금수저 중에 금수저!

부럽지 않다고 하면 거짓말이 된다.

'아니지, 아니야. 꾸뻬 씨의 행복여행이란 영화에서 말했어. 행복의 비결 중 하나는 남과 자신을 비교하지 않는 거라고.'

최장수는 잡념을 지우고 다시 문제집에게 재 승부를 요청했다. 어려웠던 문제를 겨우 풀고, 어째서 이게 정답인가 그 원리를 파악하자 다음 문제부터는 비교적 쉽게 풀려나갔다.

운 좋은 대통령

1시간 20분.

예정보다 20분 늦었지만 그래도 10분의 휴식이 허락되는 순간이 찾아왔다.

〈행운의 아이템과 거리가 떨어져 행운이 조금 하락합니다.〉

"······또 멋대로 실행됐네."

마른목을 축이려고 매점으로 가고 있자 손에 쥔 휴대폰에 알람이 울렸다.

"······혹시 모르니까."

매점으로 가던 발걸음을 황급히 돌려 열람실에서 행운의 아이템을 가져왔다. 아까 서점에서도 그렇고, 이번에도 그렇고, 어째서 운수를 믿지 않는 자신이 이러는 가에 대해서 의문이 생겨났다.

매점에 도착하자마자 라면냄새가 코끝을 지나갔다.

'쩝, 그리고 보니 오늘 아침도 점심도 걸렀구나.'

주변을 둘러봤다.

공부는 칼로리 소비가 심하다는 말을 증명하듯 서른 명이 넘는 학생들이 매점에서 파는 라면이나 김밥을 먹고 있다.

원래 최창수는 도서관에서 절대로 돈을 쓰지 않는다.

이곳은 무궁화호 열차카페처럼 가격이 엄청나게 비싸니까!

당장 5분 거리에 떨어진 편의점에서 1200원에 파는 라면을 1500원에 판다. 이 정도면 PC방이라 해도 믿을 정도다.

그럼에도 불구하고 이 매점이 늘 성황인 이유는 잠깐의 더위나 '추위로 학구열을 잃고 싶지 않은 학생들이 찾아오기 때문이다.

'그래, 오늘은 돈도 있으니까 사치를 부려보자.'

최창수는 매점에서 컵라면 하나를 구매했다. 그리고 마실 것을 사기 위해서 근처 자판기 앞에 섰다.

천 원을 넣고 늘 마시던 콜라를 눌렀다.

"……응?"

자판기는 아무런 변화가 없었다.

보통은 버튼을 누르고 몇 초 뒤에 덜그렁 소리가 나야 하는데.

"뭐야! 왜 안 나와!"

아무리 버튼을 눌러도 콜라는 나올 기미를 보이지 않았다. 홧김에 자판기를 두들기고 살짝 발로 걷어차기도 했다.

예로부터 말 안 듣는 기계는 매가 약이었으니까.

"저기요, 조용히 좀 합시다."

자판기를 두들기는 소리가 영 거슬렸는지 식사 중이던 학생이 넌지시 말했다.

가뜩이나 돈 날려서 열 받는 상황.

하지만 일침을 먹고 나니 자판기도 자판기지만, 자신도 잘못을 했다고 인정하게 됐다.

'그래, 다들 쉬는 중인데 소란을 떨어서는 안 되지. 돈이 아깝지만…… 참자, 참아. 때린다고 나오는 것도 아닌데.'

결국 아쉬운 마음으로 다시 천 원을 꺼냈다.

그리고 돈을 넣으려던 찰나…….

쿠구구궁!

자판기가 엄청나게 요란한 소리를 냈다.

당연히 매점을 이용 중이던 학생들은 다시 최창수에게 날카로운 눈빛을 보냈지만, 그는 그걸 신경 쓸 겨를이 없었다.

'대, 대박…….'

자판기 입구를 확인했다.

열 캔의 콜라가 최창수를 반겼다.

'이게 어떻게 된 일이지? 혹시 때려서 그런 거야?'

최창수는 주변을 슥슥 둘러봤다.

아무도 자신을 바라보고 있지 않다.

'뭔 일이지는 모르겠지만…… 우선은 감사한 마음으로 받자!'

최창수는 혹여나 누군가가 자판기로 갈까봐 노심초사하며 매점에서 검은 봉투 하나를 받아왔다. 그곳에 콜라 열다섯 캔을 전부 담았다.

좋은 일은 여기서 끝이 아니었다.

'라면 스프가 두 개나 들어 있잖아?! 골뱅이 어묵도 열 개나 있어! 오늘따라 운이 좋나?'

저도 모르게 운을 믿게 됐다.

'기분이 아주 좋아. 다 먹고 나면 평소보다 더 열심히 공부하자!'

딱 그렇게 생각한 타이밍이었다.

〈운수 대통령님, 목표가 생겼어요!〉

〈목표 : 2시간 동안 수학문제 120문제 풀기!〉

〈성공조건 : 2시간 동안 수학문제 120문제 풀기 및 정답률 90%〉

〈보상 : 인생 포인트 +1〉

〈공부를 시작한 순간부터 시작돼요.〉

"이건 또 뭐야……."

아까까지는 행운의 운세를 알려주더니만 이번에는 생각을 읽기라도 했는지, 자신에게 어울리는 목표라는 걸 부여해줬다.

"어플치고는 잘 만들었네."

신경 쓰지 않기로 했다.

하지만…….

'지, 지금 난 공부를 하고 있는 걸까?'

자리에 앉아 문제집을 펴자마자 식은땀이 흘렀다. 분명히 에어컨 바람이 가득한데 말이다.

'아, 진짜! 아까는 무시했으면서 왜 또 신경 쓰이는 건데!'

최창수는 생각했다.

2시간 동안 수학문제 120문제를 풀려면 1분당 한 문제씩 정답을 체크해야 한다. 단순히 이것뿐이라면 적당히 체크해도 되는 일, 하지만 성공조건은 정답률 90%이상이었다.

'보상으로 주는 인생 포인트는 뭘까?'

오늘 하루, 이 휴대폰을 구매하자마자 묘하게 이상한 일이 연속해서 일어났다.

열 캔의 콜라, 전 세계에 하나 밖에 없을 엄청난 라면까지…….

'이 휴대폰…… 정확히는 이 어플! 뭔가 힘이 있는 게 분명해!'

그거 말고는 이 상황을 논리적으로 설명할 방법이 없었다.

운수 대통령을 인정했기 때문일까.

신경 쓰였던 문제가 사라지자 엄청난 속도로 문제를 풀게 됐다.

운수 대통령이 전달한 목표.

그것이 엄청난 집중력을 발휘하게 만들었다.

'이 어플…… 생각보다 괜찮네?'

최창수는 시간을 확인했다.

첫 번째 문제를 풀기 시작했을 때가 2시 30분. 앞으로 풀어야 할 문제는 고작 열 개인데 아직 30분이나 여유가 있다.

정답의 유무는 둘째 치고, 단시간 안에 110개의 문제를 풀었다는 사실이 놀라우면서도 자랑스러웠다.

수학은 자신의 약점과목이었으니까.

빠른 속도로 문제를 풀기 위해서는 문제가 말하는 바가 무엇인지를 정확하게 파악할 필요가 있었다.

처음에는 제법 애를 먹었지만 뒤로 가면서 지문과 정답 항목만 읽으면 어떤 식으로 풀이를 해야 할지 머릿속에 그림이 그려졌다.

그뿐이 아니었다.

비슷한 유형의 문제를 여러 번 풀다 보니 이제는 문제만 봐도 풀이식이 저절로 그려졌고, 백이면 구십 머릿속 그림 대로만 하면 원하는 정답이 도출됐다.

'마지막이다!'

최창수는 마지막 문제의 정답을 체크했다.

남은 시간은 5분!

시간이 딱 종료되면 목표를 달성했다는 알림이 아까 전

처럼 오는 지 확실하지는 않았다.

'혹시 모르니 정답을 체크해보자.'

답안지를 펼치고 한 문제씩 정답의 유무를 확인했다.

총 120문제.

그 중 정답을 고른 문제는…….

'107개나 맞췄잖아?!'

스스로 생각해도 엄청난 정답률이었다.

어제야간자율학습시간 때 풀었던 30개의 수학문제도 12개를 틀렸는데…….

하루 만에 이 정도의 성장을 했다는 게 놀라웠다.

'명확한 목표를 정해두고 푸니까 좀 더 확실하게 이해가 되긴 했어. 아무리 그래도 이 정답률은…… 하루 사이에 내 실력이 좋아진 건가? 그게 아니면 운?'

고민할 필요도 없었다.

'내 실력이다! 내 본 실력이 발휘된 게 분명해!'

그렇게 생각하는 이유는 총 두 개였다.

하나는 자신감을 갖고 살아야 하기 때문에!

또 하나는 정답을 찍은 게 아니라 확실하게 풀고 선택했기 때문이다.

만약 운이 좋았다면 대충 찍은 게 정답이었어야 한다. 하지만 120문제 중에서 찍은 건 하나도 없었다.

남은 시간이 모조리 소모되자 운수 대통령 알림이 울렸다.

〈목표 달성!〉
〈보상으로 인생 포인트 +1이 부여돼요.〉

안내문구가 사라지고 이번에는 또 다른 창이 화면을 채웠다.

〈최창수 : 운수 대통령〉
〈보유한 인생 포인트 : +1〉

바로 옆에 책 아이콘이 있었다. 그걸 눌러봤다.

"이게 뭐야?"

여러 스마트폰 게임 상점과 비슷한 화면이 떠올랐다. 그곳에는 수천 가지의 책이 꽂혀 있었다.

이윽고 운수 대통령님에게 어울리는 포인트라면서 초보자 안내 가이드 같은 게 떠올랐다.

국어, 영어, 수학, 사회, 과학.

그 외에도 학생이 필수적으로 배워야 하고, 배우면 장래에 도움이 될 만한 과목이 적힌 책이 최창수를 반겼다.

〈이곳에서 구매한 책은 전부 운수 대통령님의 능력에 반영돼요.〉

"내 능력에 반영이 된다고?"

그 말에 최창수는 어떤 책을 구매할 지 고민에 빠졌다.

'수학은 문제풀이의 요령을 알았으니 괜찮고. 그래, 영어를 구매하자!'

영어 단어는 많이 알고 있다. 그 덕분에 문장을 읽고 해석하는 것에는 무리가 없다.

문제는 회화였다.

물론 수능에서는 회화 문제가 나오지 않는다. 듣기는 나오지만, 해석이 되기에 큰 무리는 없다. 물론 아직까지는 집중력이 흐트러지면 곤란을 썩지만.

회화를 필요로 하는 건 나중에 있을 세계여행을 위해서였다.

공부를 하기 전에는 손짓발짓으로 어떻게든 될 거라 생각했지만, 영어공부를 시작하면서부터 그 생각이 바뀌었다.

확실하게 회화가 되어야 자신의 세계여행이 더욱 즐거워질 것이다!

최창수는 영어를 구매했다.

〈인생 포인트가 1만큼 차감됐어요.〉

포인트 1을 필요로 하던 영어가 포인트 2를 필요로 하게 됐다.

'아무래도 초기 구매 이후로는 필요한 포인트가 1씩 증가하나 보네.'

최창수는 영어 책을 사용했다.

〈1단계 영어 책을 사용했어요.〉
〈습득한 영어 실력 : 토익 800점의 영어실력 / 일상회화
〉

'사용된 건가? 느낌으로는 딱히 바뀐 게 없는데?'
확인해보기 위해서 잠깐 진도가 막혀있던 영어 참고서를
꺼냈다.
'말도 안 돼!'
참고서를 펼치는 순간 신세계가 펼쳐졌다.
'전부 알겠어!'
예전에는 문장을 읽으려면 우선 단어를 확인하고, 그 뜻
을 밑에 써두고, 마지막으로 단어를 연결해서 한 문장으로
만들었다. 그러다 보니 문제풀이 시간이 제법 걸렸고, 모르
는 단어가 있으면 사전을 뒤져야만 했다.
하지만 지금은 아니었다.
대충 눈으로만 훑어도 마치 한글을 읽는 것처럼 영어문
장이 쏙쏙 이해됐다.
모르는 걸 찾는 게 힘들 정도로 말이다.
'엄청난 물건을 얻었잖아!'
최창수는 흥분을 감추지 못하고 운수 대통령을 바라봤
다.

처음에는 단순한 여흥용 어플리케이션인줄 알았던 운수 대통령이 지금은 얼마를 줘도 팔지 않을 보물처럼 보였다. 아니, 보물 그 자체였다.

동시에 불안함이 엄습했다.

'갑자기 주인이 돌려달라면 어떡하지?'

현재 심정으로는 30만원에 몇 백 배를 줘도 휴대폰을 돌려줄 생각이 없었다.

'아니야. 운수 대통령이 있는 줄 알았으면서 판 거겠지. 그리고 지금은 내가 이 휴대폰의 주인! 돌려주지 않아도 돼!'

그럼에도 불구하고 불안을 완전히 지우지 못해, 집으로 돌아가자마자 구매희망 댓글을 달았던 계정을 영구 삭제하고, 부모님에게 스팸전화랑 문자가 너무 많이 와서 공부에 집중이 안 된다며 휴대폰 번호를 바꿔달라고 했다.

마침 내일이 일요일이라서 바로 번호를 바꿀 수 있었다.

· · · ◆ · · ·

월요일 날 아침.

최창수는 학교에 가기 전 운수 대통령을 확인했다.

〈2015년 7월 27일 운수 대통령님의 운세입니다!〉
〈행운의 아이템 : 네잎 클로버 두 개〉

〈행운의 색깔 : 줄무늬 형식의 파란색〉

〈행운의 장소 : 동물이 한 마리 이상 있는 밀폐 공간〉

'……쉽게 운을 내다주지 않네.'

이틀 전, 도서관에서 돌아오던 길. 처음에는 아무 생각도 없던 운수 대통령의 행운조건이 전부 만족하려면 어렵겠다 싶었다.

만약 그 날 EBS문제집을 발견하지 못했다면 행운의 장소만 겨우 충족했을 상황이었으니까.

오늘의 운세는 다행히도 속옷에 파란 줄무늬가 있어 한 개는 충족할 수 있었다.

'행운 조건을 하나 충족했을 때는 소소한 행운이 있었지. 만약 두 개, 세 개라면?'

어떤 일이 벌어질 지 기대가 됐다.

최창수는 학교에 도착해 바로 교실이 아니라 풀숲으로 뛰어갔다.

평소에는 30분 일찍 등교해서 공부하지만, 오늘은 네잎클로버 사냥에 나서기로 했다.

하지만 아무리 뒤져봐도 보이는 건 잡초 뿐! 홧김에 잡초를 짓밟았다.

그때 뒤에서 목소리가 들려왔다.

"교실 안 들어가고 뭐해?"

서유라였다. 바로 옆에는 구자용이 있다.

"뭐야, 너희들 왜 같이 와?"

"오다가 만났어. 그런데 교실 안 들어가고 뭐해?"

"네잎클로버 찾아."

"네잎클로버? 그건 왜?"

그 질문에 구자용이 대신 답했다.

"하핫! 이제는 실력으로 나한테 안 되니까 네잎클로버라도 찾나 보지?"

"그래, 그래. 네잎클로버한테 소원이나 빌려고 한다."

아침부터 시작된 시비에 적당히 대답했다.

그 모습에 구자용은 화가 치밀어 올랐다.

매번 신경을 거슬리는 말만 골라서 하는데, 저 여유 가득한 태도!

자신은 신경도 쓰지 않는다는 게 상당히 거슬렸다.

스스로 생각해도 자신에게는 결점이랄 게 없었다. 공부도 잘하고 운동도 평균 이상은 됐으며 외모도 전교에서 앞순위권에는 든다. 코가 살짝 낮은 게 불만이지만, 이건 졸업하면 부모님이 수술해준다고 했다.

'최창수! 네가 언제까지 그러나 보자!'

언젠간 사회에서 만나면 학생 때 무시해서 미안하다는 사과를 받을 때까지 갑질을 해주기로 마음먹었다. 자기는 졸업만 하면 아버지 회사에 바로 입사할 수 있으니까.

"흥!"

구자용이 콧방귀를 끼고 학교 본관으로 향했다.

"쟤 왜 저러냐?"

"나도 몰라."

서유라가 풀숲에 들어와 주변을 유심히 둘러보기 시작했다.

딱 봐도 도와주려는 거 같아서 최창수는 다시 작업에 열중했다.

하지만 교문을 지키는 선생이 이제 그만 들어가라 말할 때까지 네잎클로버는 찾지 못했다.

"그런데 네잎클로버는 왜 찾아? 정말 구자용 말 대로야?"

교실로 향하던 도중, 서유라가 물었다.

최창수는 고민했다.

운수 대통령에 대해서 얘기를 꺼낼지 말지.

"수능이 점점 가까워지고 있잖아. 미신이라도 믿어보려고."

고민 끝에 숨기기로 했다.

"후음~ 그렇구나. 한세 대학교 지망이었지?"

"어, 너는?"

"난 유망대학교로 갈 생각이야. 내가 좋아하는 패션 아티스트가 그 대학 패션과 교수거든."

"그럼 졸업하면 더 이상 만날 일 없겠네?"

그 말에 서유라가 걸음을 멈췄다. 방금 전까지 기분 좋아 보이던 그녀가 지금은 뚱한 얼굴을 하고 있다.

"말 한 번 섭섭하게 하네. 그래도 중학교 때부터 알고 지낸 사이인데."

"어……?"

"그래, 졸업하면 더 이상 만날 일 없겠지! 이 바보야!"

서유라가 화났다는 듯 발을 세게 구르며 교실로 먼저 들어갔다.

혼자 남은 최창수는 머리를 긁었다.

"뭔가 실수했나?"

딱히 짐작 가는 게 없었다.

대학이 다르면 서로 약속이라도 잡지 않는 이상 만나기 힘들고, 무엇보다 자신은 대학교 입학만 하면 바로 세계로 떠날 생각이었다.

싫어도 남남이 될 수밖에 없다.

'쩝, 여자는 알 수가 없다니까.'

생각해보니 중학교 때부터 서유라는 자주 화를 냈었고, 스스로 생각해서는 그 이유를 알 수 없어 여학생에게 물어봐야만 했다.

간혹 친구들로부터 무신경하다는 얘기는 듣지만 한 번도 주의 깊게 들은 적이 없다.

남의 눈치를 신경 쓰는 건 자신이 바라는 자유분방한 삶과 거리가 머니까!

쉬는 시간에 서유라 친구들에게 묻기로 하고 우선 교실로 들어갔다.

1교시는 영어시간!

토요일 날 얻은 능력을 실험하고 싶어서 오늘만을 쭈욱 기다렸다.

9시가 되자 영어 선생이 교실로 들어왔다. 그리고 뒤이어 그를 따라오는 한 남성⋯⋯.

교단에 선 영어 선생이 말했다.

"아, 오늘은 특별히 선생님의 외국인 친구인 토마스를 데려왔다. 오늘은 회화중심의 시간이 될 거다. 일상회화 정도니까 꾸준히 영어공부를 했다면 어렵게나마 소통이 가능할 거다."

"안녕하십니까, 여러분."

토마스가 손을 흔들며 영어로 말했다.

아주 기초적인 회화.

못 알아듣는 학생은 없었다.

하지만 거의 모든 학생이 이 상황에 불안함을 느껴야만 했다.

간혹 뉴스에도 나오는 얘기처럼 다들 수능위주로 영어를 공부해서 회화는 전혀 되지 않는다. 외국인이 말을 걸면 머릿속이 새하얘지는 학생들뿐이다.

구자용은 다른 학생보다는 덜했지만 그래도 걱정은 됐다.

'거, 걱정 마. 과외 선생하고도 자주 영어로 얘기해봤으니까!'

하지만 역시 한국인과 영어로 얘기하는 것과 외국인과 영어로 얘기하는 건 심적 부담감부터 달랐다.

모두가 떨고 있는 이 상황!

의기양양한 미소를 짓는 학생이 딱 한 명 있었다.

'나이스! 오늘은 운이 좋아!'

최창수였다.

송근태 현대 판타지 장편소설

두 번째 이야기
인생 첫 복권

운수 대통령

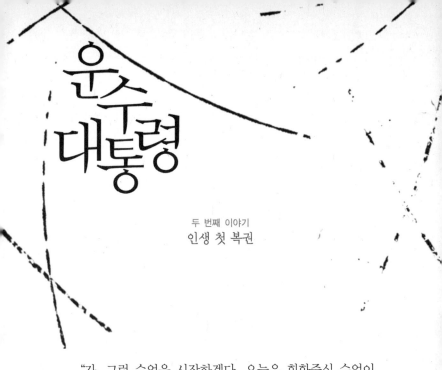

운수대통령

두 번째 이야기
인생 첫 복권

"자, 그럼 수업을 시작하겠다. 오늘은 회화중심 수업이니까 교과서는 안 펴도 좋다."

"어떤 식으로 수업할 건데요?"

모두가 조용한 가운데, 최창수가 말했다.

"토마스가 자신의 얘기를 하면서 이런저런 질문을 할 거다. 너희들은 대답만 잘 하면 된다. 서툴러도 좋으니까 자신감을 갖고 대답하도록! 선생님이 힌트도 줄 테니까 부담 갖지 말거라."

부담 갖지 말라고 부담 안 갖는 학생이 어디 있냐고 다들 생각했다.

반면, 최창수는 어서 토마스가 입을 열기를 바랐다.

'일상회화면 껌이지!'

드디어 수업이 시작됐다.

토마스는 자신이 어느 나라에서 태어났고 어떤 인생을 보냈는지를 구구절절 설명했다.

유창한 영어발음.

한국인의 발음에 익숙해진 터라 대부분의 학생들은 알아듣지 못했다.

그나마 평소부터 영어 학원을 꾸준하게 다니던 학생들만 겨우겨우 알아들을 뿐, 전체적인 내용은 파악하지 못했다.

"저는 지금 수원에 위치한 영어학원에서 회화강사를 맡고 있습니다. 아직 결혼은 못 했지만, 결혼을 전제로 사귀는 여자 친구가 존재합니다. 그녀는 한국인이고 연예인을 닮았습니다. 어떤 연예인인지 궁금합니까?"

토마스가 드디어 학생들에게 질문을 던졌다.

하지만 대답하려는 학생은 아무도 없었다. 다들 토마스로부터 눈을 돌려 애꿎은 허공만 볼 뿐.

그 잘난 구자용도 자신이 알아들은 게 정확한가 확신이 서지 않아 섣불리 손을 들지 못했다.

바로 그때!

최창수가 자리에서 벌떡 일어났다.

"어떤 연예인을 닮았는데요? 전 개인적으로 AOA의 초아 같은 스타일이 좋아요."

영어 성적만 보면 반에서 겨우 중간에 위치하던 최창수!

그가 토마스 못지않은 유창한 발음을 선보였다.

방금 전까지 딴 짓을 하던 학생들의 눈이 휘둥그레졌다. 구자용도 마찬가지였다.

드디어 자신과 대화가 가능한 학생이 등장하자 토마스의 입가에 웃음이 번졌다.

이 반에 있는 학생들에게는 미안했지만 다들 자신이 가르치는 학생들보다 자신감도 없었고, 영어 실력도 썩 좋다는 인상을 못 받았다.

좀 더 쉽고 느리게 말해야 하나 고민하던 찰나에 최창수가 일어난 것이었다.

게다가 방금 전의 그 유창한 발음!

도저히 학생의 것이라고는 느껴지지 않았다.

"저도 초아를 좋아합니다. 특유의 고양이 같은 인상이 도저히 한국인 같지 않습니다. 제 여자 친구는 아이유를 닮았습니다. 하지만 노래 실력은 닮지 않았습니다."

"아이유! 초아보다는 아니지만 아이유도 괜찮은 편이죠."

"하하! 초아를 많이 좋아하나봅니다? 하지만 초아보다 제 여자 친구가 더 아름답습니다."

"당연히 연예인보다 여자 친구가 더 아름답게 보여야죠! 서로 사랑하는 사이인데."

두 사람은 계속해서 대화를 이어나갔다.

최창수로 인해서 혹시나 자신감을 얻은 학생이 있지 않을까 싶어서 영어 선생은 둘의 대화를 말리지 않았다.

하지만 토마스가 여자 친구 자랑을 끝낼 때까지 대화에 끼어드는 학생은 없었다.

"그런데 학생은 이름이 어떻게 됩니까?"

"최창수라고 해요."

"혹시 최창수 학생은 어릴 적에 미국에 살았습니까? 발음이 정말 대단합니다! 일상회화만 보면 일반 고등학생 수준이 아닙니다."

"아뇨, 한국에서 자랐고 영어 공부도 올해부터 시작했어요."

"정말입니까?"

토마스의 눈이 놀람으로 가득해졌다.

도저히 믿기지 않는 얘기였다.

'이 학생은 천재인가?'

간혹 영어에 천부적인 재능이 있는 학생이 존재한다. 그들은 남들은 오랜 결실 끝에 얻은 영어 실력을 고작 몇 개월 만에 습득한다.

물론 그 중에서도 등급이 나눠진다.

최창수의 경우에는 최상급이나 마찬가지였다.

아무리 회화위주로 공부해도 단어랑 문맥을 모르면 대화가 성립되지 않으니까.

최창수와의 회화는 마치 현지인과 대화를 하는 것만 같았다.

"이봐, 아주 훌륭한 학생을 가르치고 있는데?"

토마스가 영어 선생에게 말했다.

영어 못지않은 유창한 한국어로 말이다.

"그러게. 창수 너, 잠깐 사이에 영어 실력이 엄청 좋아졌구나."

"하하! 사실 본 실력을 숨기고 있었거든요!"

이 기쁨을 마음껏 표현했다.

결국 수업시간이 끝날 때까지 영어회화는 토마스와 최창수 둘 사이에서만 이뤄질 뿐이었다.

다른 학생들이 입을 연 건 최창수를 칭찬할 때, 그리고 토마스가 한국어로 말할 때가 전부였다.

마침내 최창수를 제외한 학생들에게 지옥 같았던 영어시간이 끝났다.

"창수야, 잠시 교무실로 와라. 할 얘기가 있다."

"뭔 얘기요?"

"오면 알려줄 테니 오기라 해라."

최창수는 알겠다고 고개를 끄덕인 후 바로 영어 선생을 따라가려고 했다.

그러던 그의 발걸음이 갑자기 다른 곳으로 향했다.

바로 구자용의 앞.

혼이 빠져나간 것처럼 얌전히 앉아있던 구자용은 최창수가 다가오자 경계태세에 돌입했다.

그런 구자용을 향해 최창수가 방긋 웃었다.

"오늘은 많이 조용하더라?"

딱 그 한 마디.

구자용의 자존심을 모조리 부숴놓는 그 한 마디만 툭 던지고 최창수는 교무실로 향했다.

그가 사라진 자리를 보는 구자용의 얼굴이 점점 일그러졌다.

'저, 저 새끼!'

뒤에서 인생실패자라 욕했던 학생이 자신을 뛰어넘었다. 그뿐만 아니라 조롱까지 남기고 갔다.

이 기분.

여태껏 맛봤던 굴욕 중에 가장 기분이 더러웠다.

· · · ◈ · · · ·

교무실.

최창수는 영어 선생과 마주 앉아 있었다.

"오늘 회화수업 엄청 훌륭하더구나."

"그 정도야 기본이죠."

"왜 여태까지 그 실력을 숨긴 거냐?"

"어…… 여러 사정이 있었거든요. 앞으로는 쭈욱 오늘 같은 모습일 거예요."

너무 심한 자뻑은 안 하는 게 좋을 거 같았다.

"수업 끝나고 창수 너를 부른 이유는 두 개가 있단다."

영어 선생이 책상 서랍을 뒤져 서류 몇 장을 꺼냈다.

"입학사정관제라고 아느냐?"

"성적 대신 학생의 능력을 중시하는 입시제도죠?"

"간단히 설명하면 그렇지. 솔직히 창수 네 내신이 좋진 않잖니? 수시는 당연히 무리고, 그럼 수능 밖에 없는데 네가 지망하는 한세 대학교는 등급이 제법 높단다. 그래서 하는 말인데, 입학사정관제를 노려보는 건 어떻겠니? 네 담임에게는 내가 말해두마."

"제가요?"

"솔직히 고등학생 중에서 영어 잘하는 학생은 많단다. 하지만 태반이 무식하게 단어만 외우는 애들이지. 창수 너처럼 회화가, 그것도 현지인처럼 되는 애들은 미국에서 생활하던 애들 밖에 없단다."

영어 선생이 최창수에게 입학사정관제 안내문을 넘겼다.

"아직 시간은 제법 있으니까 한 번 잘 생각해봐라. 그 정도 회화면 한세 대학교 영어학과는 쉽겠구나."

"음, 알겠어요."

"그리고 나머지 이유 하나는 이거다."

영어 선생이 이번에는 다른 안내문을 넘겼다.

전국 고등학생 영어 말하기 대회.

"1년에 한 번씩 영어 선생님들이 말하지? 영어 말하기 대회에 나갈 학생이 있냐고."

"네."

1학년 때도 2학년 때도 여름방학 전에 영어 선생들이 학생들의 참여의사를 물어봤다.

올해는 왜 안 물어보나 했더니만, 그 날이 오늘이었다.

"생각 있느냐?"

"음……."

최창수는 고민했다.

하필이면 영어 말하기 대회가 방학이 시작한 주에 있었기 때문이다.

'평일이었으면 수업이나 뺄 겸 할 텐데.'

방학 때 예정은 이미 다 정해져있다.

우선 첫 주는 원 없이 놀 생각이었다.

둘째 주부터 방학종료 때까지는 도서관을 자신의 집으로 만들 예정이다.

'그래도 우선 해볼까?'

대회 참가를 결심한 이유는 두 개다.

하나는 상장이 있으면 대학 진학에 유리하니까.

또 하나는 1등 상금인 30만원 때문이었다.

30만원이면 자신의 여섯 달 용돈.

직접 번 돈에 한해서는 부모님도 아무런 제약을 걸지 않는다.

당장 작년만 해도 전단지 알바를 해서 플레이스테이션4를 샀을 때도 너무 많이 하지 말라고만 했지. 뭐 하러 그 비싼 게임기를 샀냐고 눈치조차 주지 않았다.

대회 참가를 결심하고 교실로 돌아갔다.

들어가자마자 서유라와 눈이 마주쳤다.

뭘 잘못했는지는 모르겠지만, 우선은 아까 일을 사과하려고 입을 열자 서유라가 고개를 획 돌렸다.

'쩝, 단단히 화가 났나보네.'

아무래도 자신의 잘못도 모르는 채로 사과하면 도리어 일만 커질 느낌이었다.

"야."

최창수는 서유라와 자주 어울리는 무리로 다가갔다.

그리고 아침에 있던 일을 설명했다.

"헐, 완전 너무하다."

여학생들이 완전 실망이라는 표정이 됐다.

"내가 뭘 잘못했는데?"

"으이구, 이 둔탱아. 졸업하고도 너랑 계속 연락하고 싶은데 네 쪽에서 먼저 그 가능성을 끊어서 화 난 거잖아."

"아."

그제야 자신의 잘못을 알게 됐다.

"아휴, 유라도 이런 애를 참."

"이런 애?"

"아무것도 아냐. 어서 가서 사과나 해."

여학생들이 어서 가라는 듯 손을 휘휘 저었다.

뒤가 찜찜했지만 물어봐도 알려주지 않을 거 같아 우선은 서유라에게 다가갔다.

"야, 서유라."

"……."

최창수를 한 번 바라본 서유라가 아무 말 없이 고개만 휙 돌렸다.

포기 않고 서유라가 고개를 돌린 방향으로 이동했다.

"아까 일 사과하려고 그래."

"……뭘 잘못했는지는 알아?"

"당연히 아니까 왔지!"

"뭔데?"

"음……."

어떻게 설명하면 좋을까 고민하다가 휴대폰을 꺼냈다. 그리고 서유라에게 문자 한 통을 보냈다.

내용은 미안해였다.

"어제 번호 바꿨거든. 앞으로는 그 번호로 연락하면 돼. 대학에 가고 어른이 돼서도 말이야."

"……진짜?"

방금 전까지 뚱했던 서유라가 순식간에 화색이 됐다.

"내가 한 입으로 두 말 하는 거 봤냐?"

"음, 아니."

"그럼 설명 끝난 거지. 아까 일은 정말 미안했다."

최창수는 서유라의 어깨를 툭툭 치고 자리에 돌아갔다. 그리고 다음 시간 교과서를 펼쳐 예습을 시작했다.

그 모습을 한 번 바라보고, 서유라는 휴대폰으로 시선을 돌렸다.

최창수의 새 연락처.

만약 자신이 물어보지 않았다면 끝내 알려주지 않았을 그 번호.

미소가 절로 지어졌다.

· · · ◆ · · ·

방과 후.

최창수는 야간자율학습이 시작할 때까지 학교 풀숲을 전부 뒤지기로 했다.

공부도 공부였지만 지금은 네잎 클로버를 발견하는 게 더 중요했으니까.

'한 장 찾았다!'

학교 부지에서 가장 끝 부분.

드디어 잡초가 아닌 클로버가 무더기로 있는 곳에서 네잎클로버 한 장을 얻게 됐다.

그 기세를 이어 몇 분 후에 네잎클로버 한 장을 추가로 얻었다.

'좋았어, 두 장이다!'

저번 경험으로 보면 이 네잎클로버와 떨어지면 행운이 사라진다.

양말 속에 네잎클로버를 넣고 교실로 달려갔다.

• • • ◈ • • •

야간자율학습 지정 교실.

최창수는 자리에 앉자 마자 위화감을 느꼈다.

'조용한데?'

평소라면 구자용이 시비를 걸어왔어야 했다. 오늘은 야
자에서도 1등을 못 했냐는 식으로.

주변을 둘러보니 자신을 포함해서 총 열 명의 학생.

그 중 구자용은 없었다.

"선생님, 구자용이 없는데요?"

"자용이 오늘 몸 상태가 안 좋다면서 야자 빠지겠다고
아까 말하고 갔어."

악연도 인연이라 했던가.

구자용이 없으니 약간의 허전함을 느꼈다.

비록 대놓고 무시하긴 했지만, 그의 비아냥거림이 있어
서 야자시간에 집중력을 흩트리지 않을 수 있었으니까.

'설마 내가 똑같이 돌려줬다고 삐졌나?'

조금 미안했지만 사과할 마음은 없었다.

최창수는 바로 공부를 시작했다.

동시에 행운이 찾아오길 기다렸다.

하지만 야간자율학습 종료까지 30분밖에 안 남았음에도
행운은 모습을 드러내지 않았다.

'왜지? 혹시 가만히 앉아서 공부만 해서 그런가?'

웃소
대통령

그러고 보니 저번에 있었던 그 행운도 자신이 직접 움직였기 때문에 얻었던 거다.

어차피 하교까지 얼마 남지도 않았겠다, 쉴 겸 여태까지 알아낸 운수 대통령의 시스템을 정리해봤다.

1. 운수 대통령은 행운이 총 세 개 있다. 느낌상으로는 충족한 게 많아질수록 행운이 더 좋아진다.

2. 간혹 자신에게 도움이 되는 목표가 주어진다. 성공하면 인생 포인트를 주는데, 이걸로 내 능력을 강화할 수 있다.

3. 운수 대통령은 아침 6시에 갱신돼서 12시까지 지속된다. 자정이 넘으면 갱신 시간까지는 아무런 행운도 부여되지 않는다.

'목표나 또 생겼으면 좋겠다.'

아직 행운을 겪은 건 한 번 밖에 없지만 충분히 매력적이었다.

하지만 그보다 더 매력적인 건 바로 목표!

오늘 수업시간에 있던 영어시간 때 인생 포인트의 위엄을 체감했다.

다음에는 어떤 목표가 주어지고, 달성하면 어떤 능력을 강화할까.

기대에 부푼 채 도서관으로 향할 준비를 했다.

교문에 도착했을 때.

"어?"

최창수는 평소보다 가방이 가벼운 걸 깨달았다.

"과학 문제집을 두고 왔네."

고개를 돌려 학교 건물을 바라봤다. 방금 막 야간자율학습이 끝나서 아직까지는 불이 환하게 켜져 있다.

예전이었다면 그냥 돌아갔을 상황!

하지만 문제집을 가지러 가는 길에 행운이 있을 지도 모른다는 기대감이 그의 발걸음에 힘을 실었다.

학생은 모두 돌아가고, 야간자율학습 감독관도 교무실에 있는 현재.

손전등 어플리케이션 말고는 어둑어둑한 학교를 함께 갈 동지가 없었다.

'괜히 무섭네.'

몇 달 전에 서유라와 함께 봤던 학교 배경의 공포영화가 떠올랐다.

불빛이 없는 저 멀리, 복도 끝에서 당장이라도 뭔가가 달려올 거 같았다.

덜컥 겁이 나서 교실까지 허겁지겁 달려갔다. 어차피 주의 줄 선생도 없으니까.

마침내 아무도 없는 교실에 도착했다.

최창수는 자신이 앉았던 책상 서랍에서 과학 문제집을 꺼냈다.

'결국 오는 동안 행운은 없었네.'

어째 손해 본 기분이었다.

교실에서 나가려고 교단을 지나쳤다. 그때 시야에 뭔가가 들어왔다.

'이게 뭐지?'

교단 밑.

작은 종이가 한 장 떨어져있었다.

주워 보니 편의점에서 판매하는 3천 원짜리 복권이었다.

'감독관 선생님이 떨어트리셨나보네.'

최창수는 저울질을 해봤다.

이걸 선생에게 돌려줘서 생길 행운이 클까, 아니면 복권을 긁어서 얻을 행운이 클까.

당연히 후자였다.

생각해 보니 감독관 선생은 1학년 담당이라 잘 보여봤자 득이 될 게 없다.

최창수는 마침 주머니에 있던 백 원을 꺼내 복권을 긁었다.

'오, 오억?!'

복권을 긁어본 사람이라면 알겠지만, 맨 처음에는 당첨 액수. 두 번째는 당첨조건이 나온다.

복권을 처음 긁어본 최창수는 자신이 5억에 당첨이 된 줄 알았다. 당첨 액수 밑에 적힌 작은 글씨를 보고야 아닌 걸 알았지만.

하지만 부풀어 오른 꿈은 사라지지 않았다.

'5억이 당첨되면 뭘 할까? 우선 2억은 부모님 드리고, 1억은 통장에 저축하고, 나머지 2억으로는 다른 외국에도 가볼까? 아니지, 외국은 우선 정해둔 곳으로만 가자. 대신 2억으로 돈 걱정 없이 여행을 하는 거야.'

머릿속에는 벌써 인생계획이 완성되어 있었다.

최창수는 두근거리는 마음으로 두 번째 칸을 살살 긁었다.

5억에 당첨되려면 21보다 높은 숫자가 나와야 한다.

'젠장! 5가 뭐냐?'

첫 번째를 이어 두 번째 숫자도 고작 12밖에 안 됐다. 모자라도 한참 모자란 숫자.

그때였다.

점점 식어가던 그의 흥분이 다시 생겨나기 시작했다.

'2!'

마지막 숫자의 앞부분만 긁었더니 무려 숫자 2가 나왔다.

'제발 1보다 커라!'

5억!

무려 5억이 바로 눈앞에 있다!

슈뢰딩거의 복권 그 자체였다.

하지만……

"시발! 20! 20새끼야!"

숫자 하나 차이로 5억이 저 멀리 사라졌다.

"젠장! 젠장! 사람 잔뜩 기대시켜놓고 이게 뭐 하는 짓이냐, 복권협회!"

복도 밖에서 들릴 만큼 커다란 울부짖음이었다.

'아냐! 아직 두 번 더 남았어.'

시간은 아직 9시 20분.

운수 대통령의 효력이 사라지려면 한참 남았다.

최창수는 어차피 결과는 정해져있다는 생각하고 두 번째 게임을 긁었다.

당첨금액은 2천만 원.

당연히 꽝이었다.

'마지막. 마지막은 되겠지.'

어느 사이 복권을 구매하는 아저씨들의 심리가 되어 있었다.

'10만원인가. 그래, 이거라도 되는 게 어디야.'

하지만 두 번의 실패 때문에 큰 기대는 안 하기로 했다.

그리고 그게 행운이었다.

"오예! 당첨이다!"

기대를 안 했기 때문에 10만원이란 금액이 5억보다 더 기쁘게 다가왔다.

'생각해보면 5억이란 돈은 현실감이 없었어. 아싸~ 이 돈으로 뭘 할까나~'

콧노래를 흥얼거리면서 복도로 나갔다.

복권을 사본 적은 없지만 10만원 밑으로는 구매처에서 교환하면 된다는 문구 덕분에 해맬 일은 없었다.

최창수는 도서관으로 가는 길에 있는 편의점에 들어갔다.

"복권 바꾸러 왔는데요."

"네, 이리 주세요."

최창수가 복권을 건넸다.

복권을 유심히 살피던 편의점 알바생이 말했다.

"죄송한데요, 손님. 이 복권은 저희 편의점에서 파는 게 아니라서 못 바꿔드려요."

"네?"

두 눈이 휘둥그레졌다.

"다 바꿀 수 있는 거 아니에요?"

"복권마다 종류가 있어요. 그리고…… 학생 아니세요? 학생은 구매도 안 되고 교환도 안 되는데. 이거 어디서 주웠어요?"

"어, 그게. 부, 부모님이 시켜서 왔어요! 알겠습니다, 수고하세요!"

최창수는 복권을 낚아채고 후다닥 밖으로 나갔다.

그리고 당장 도서관으로 달려갔고, 열람실에 들어가서야 숨을 돌릴 수 있었다.

'으, 젠장. 복권이면 다 같은 줄 알았는데 아니라니. 게다가 학생이면 바꿀 수 없다니.'

난관이 두 개나 있다는 사실에 복권 당첨으로 얻은 행복이 조금씩 줄어들었다.

'돈 벌기 쉽지 않네. 내일 선생님한테 물어보자. 교환은…… 사복을 입으면 어떻게든 되겠지!'

잠시 복권은 잊고 조금 늦은 공부를 시작했다.

· · · ◈ · · ·

다음 날.

8시에 등교한 최창수는 교실에 들르지도 않고 바로 1학년 교무실로 찾아갔다.

교무실 중앙에 어제의 그 감독관 선생이 있었다.

"선생님."

"창수구나, 아침부터 뭔 일이니?"

원래 선생들은 학년이 다른 학생의 이름과 얼굴은 잘 기억하지 못한다. 하지만 최창수는 단 한 번도 야간자율학습을 빼먹지 않은 게 인상적이어서 이름을 기억하고 있었다.

"선생님 혹시 복권 사셨어요?"

"복권? 아, 그러고 보니 어제 출근길에 샀었지. 근데 잃어버렸더라. 그건 왜? 혹시 주웠니?"

"아뇨, 선생님이 복권 사러 편의점에 들어가는 걸 봤거든요. 그 편의점에 볼 일이 있는데, 이 근처에 편의점이 엄청 많잖아요? 어떤 편의점이었어요?"

"그 편의점이라면 학교 후문 CU야. 근데 무슨 볼 일이······."

"감사합니다!"

필요한 정보를 얻자마자 최창수는 바로 교실로 돌아갔다.

이제 남은 일은 방과 후까지 기다리는 일!

하지만 그전에 해야 할 일이 있다.

"야."

조회시간 전, 친구들과 얘기 중인 서유라에게 다가갔다.

"나 사복 입으면 어른처럼 보이냐?"

중학교 때부터 알고 지낸 서유라. 이 학교에서 만큼은 그 누구보다 자신의 사복차림을 많이 봐왔다.

"갑자기 그건 왜? 아, 너 혹시! 술 담배 사려는 건 아니지?"

"내가 그럴 놈으로 보이냐. 나중에 알려줄 테니까 대답이나 해봐."

"음, 어떻게 입느냐에 따라 다르던데."

"흠, 어른스럽게 입으면 된다는 거군. 알았다, 마저 떠들어."

최창수가 자리로 돌아갔다.

'어른스러운 옷이라.'

자신의 방 장롱에 있는 옷을 떠올려봤다. 대부분이 캐주얼한 옷, 어른스러운 옷은 딱히 떠오르지 않았다.

하지만 서유라가 말한 이상, 분명히 어른스러운 옷이 있긴 할 터.

'아빠 옷은 안 맞을 테고. 흠, 어쩌지?'

그렇다고 복권 교환을 위해서 옷을 사면 배보다 배꼽이 더 커져버린다.

고민 끝에 최창수는 다른 방법을 사용하기로 했다.

"야, 유라야."

"이번에는 또 왜?"

"너 혹시 방과 후에 약속 있냐?"

"야, 약속?"

서유라의 얼굴이 붉어졌다.

방과 후 약속을 묻는 것!

이건 필시 데이트 신청일 게 분명하다. 서유라의 친구들도 그렇게 생각했는지 표정에서 흥미진진하다는 게 보인다.

"7시에 학원가는 거 말고는 없는데?"

"그럼 그전까지는 시간 있겠네. 좋았어! 방과 후에 잠깐 우리 집 좀 가자."

"너희 집?!"

단순한 데이트 신청일 줄 알았건만.

덜컥 자신의 집에 같이 가자고 하니 가슴의 쿵쾅거림이 한층 더 격렬해졌다.

"가, 가서 뭐하려고?"

"오면 알아. 그럼 다시 마저 떠들어."

여유롭게 손을 흔들면서 최창수가 자리로 돌아갔다.

그 뒷모습을 바라보는 서유라의 얼굴은 더위라도 먹은 것처럼 붉었다.

"유라야, 이게 어떻게 된 일이야?!"

"창수네 집에 간다니! 설마 오늘 어른이 되는 건 아니지?"

옆에서 친구들이 뭐라 뭐라 떠들었지만 하나도 들려오지 않았다.

'지, 집!'

그녀의 머릿속에는 오직 최창수의 집에 간다는 것만 꽉 채워있었으니까.

· · · ◈ · · ·

방과 후.

최창수는 야간자율학습 전 저녁시간을 이용해서 서유라를 자신의 집으로 데리고 왔다.

"시, 실례하겠습니다."

창피한 기색이 역력한 서유라가 조심스레 집 안을 둘러봤다.

"아무도 없으니까 눈치 안 봐도 돼."

"아, 아무도 없다고?!"

중학생 때도 몇 번인가 최창수의 집에 놀러온 적이 있었다. 하지만 그때마다 그의 부모님이 있었고, 무엇보다 공부를 목적으로 온 거라서 딱히 긴장이 되지 않았다.

집으로 오는 내내 안절부절못하던 마음이 더욱 거세졌다.

"유라야."

최창수의 방.

그가 방문을 닫으며 말했다.

"너한테 부탁이 있어."

그러면서 교복 마이를 벗었다. 넥타이를 풀고, 조끼를 침대 위에 벗어던지고……

그 모습 하나하나가 그렇게나 야성적일 수 없었다.

'서, 설마?!'

서유라의 얼굴이 점점 붉어졌다.

학교가 끝날 때까지 친구들과 이 주제로 얘기를 나눴다. 무수한 의견 끝에 결론난건 어른의 계단을 밟는 것!

최창수를 받아 들여야 할지 말아야 할지 내적 갈등이 크게 일어났다.

이 상황에서 최창수가 먼저 다가온다면!

그녀는 분명히 최창수를 허락할 게 분명했다.

"너 밖에 못 들어줄 부탁이야."

끝내 최창수가 와이셔츠까지 벗었다.

이제 남은 건 나시와 교복 바지 뿐!

그것마저 벗으면 친구들과의 얘기가 사실이 된다.

최창수가 두 팔을 좌우로 뻗고 서유라에게 다가가기 시작했다.

"차, 창수야? 우리가 오래 알고 지내긴 했어도…… 이건 너무 이른 거 아닐까?"

"뭐가 일러? 아무 문제도 없어."

"그, 그야 연인이면 아무런 문제도 없겠지만. 따, 딱히 그런 사이도 아니고, 무엇보다 우리는 학생이고……."

"그게 무슨 상관이야? 상대방이 누구인지가 중요한 거야. 너 이외에 다른 사람은 있을 수 없어"

"그, 그래?! 우으…… 아, 알겠어!"

마침내 결심 했다는 듯 서유라가 두 눈을 질끈 감았다.

"뭐, 뭘 해도 좋아! 마음의 각오는 이미 다 했으니까!"

"좋은 자세야."

턱.

최창수의 양손이 서유라의 어깨를 짚었다.

드디어 어른의 계단을 밟는 시간이 와버렸다.

하지만…….

'왜 아무 일도 없지?'

머릿속으로는 수많은 상상을 해버렸다. 하지만 최창수의 두 손은 자신의 어깨 이외 다른 곳을 만지지 않는다.

"근데 말이야."

"으, 응!"

"눈은 왜 감고 있어?"

"그, 그야! 지금부터 네가 나한테 키스할 거잖아……."

"엥? 그게 뭔 소리야? 뭔가 착각하고 있는 거 아냐?"

마침내 최창수의 손이 떨어졌다.

뒤이어 들리는 장롱 문 여는 소리…….

그 소리에 조심스레 눈을 뜨니, 장롱 속 옷을 전부 꺼내고 있는 최창수가 보였다.

"뭐, 뭐해?"

"뭐하긴. 옷 꺼내고 있지. 어른스러운 옷 좀 골라줘."

"……그건 왜?"

어느 사이 서유라의 눈이 게슴츠레해졌다. 자신이 상상하던 일이 아닌, 예상도 못한 기묘한 일이 기다리고 있다는 걸 직감적으로 알아차린 거다.

"내가 어제 10만 원짜리 복권이 당첨됐는데 학생은 못 바꾼다잖아."

"설마 그것 때문에 아침부터 네가 어른스럽냐고 물어본 거였어? 날 집에 데려온 이유도?"

"그거 말고 뭐가 더 있는데?"

"하……."

어이가 없다 못해, 밖으로 뛰쳐나올 것만 같았다.

하지만 대놓고 화를 내자니 섣불리 김칫국을 마셨다는 사실이 창피하다. 평범한 기대면 모를까, 학생으로서 하면 안 되는 상상이었기에 더더욱.

"……돌아갈래."

뿌루퉁하게 말한 서유라가 바로 신발장으로 달려가 신발을 신기 시작했다.

"야! 어딜 가?"

"집 갈 거야."

"갑자기 왜? 너 없으면 안 된다니까?"

얼핏 들으면 가슴 설레는 그 말!

하지만 최창수의 목적이 뭔지 알아버려서 더 이상 설레지 않는다.

"너희 아빠 양복 입으시던가."

"아빠 옷은 나한테 안 맞아. 야, 제발 부탁할게. 복권 교환하면 너한테도 나눠줄게."

"……얼마?"

"2만원."

"아빠 양복 입어라~. 앞으로 다시는 나 집에 부르지 말고!"

"알았어, 알았어! 3만원 어때? 더 이상은 나도 양보 못한다!"

"3만 5천원."

"야야, 됐다 됐어. 그냥 가라, 가."

"치이…… 짠돌이. 알았어, 3만원 받고 도와주면 될 거아냐."

"진짜지? 좋았어, 빨리 와."

최창수가 서유라의 신발을 벗기고, 손을 붙잡고 자신의
방으로 다시 데리고 왔다.

서유라는 그 일련의 상황이 가슴 설레었다.

'서, 선수라니까!'

자신의 가슴을 마구 설레게 하다가, 그 설렘에 찬물을 끼
얹고, 다시 설레게 하는 이 실력에 감탄이 나왔다.

혹여나 다른 여자한테도 이러는 게 아닐까 걱정이 됐
다.

최창수가 자기 이외에 여학생들과 사이가 나쁜 건 아니
니까.

한편 최창수는 다른 이유로 기분이 좋았다.

'크큭! 책에서 본 게 사실이네.'

몇 달 전에 협상의 기술이라는 인문학 서적을 읽었다.

그 중 한 에피소드가 인상적이었다.

내용은 간단하다.

상대방과 협상을 할 거면 처음에는 생각한 것보다 낮은
가격을 제시하라, 만약 상대가 거절하면 그때 생각해둔 가
격을 제시하라.

운이 좋으면 생각해둔 가격에 거래가 성립되고, 안 되더
라도 약간의 돈만 더 지불하면 거래를 성립시킬 수 있다는
내용이었다.

"자, 어떤 옷이 어른스러워?"

장롱 안에 있는 옷을 전부 다 꺼내 놨다.

서유라는 쇼핑할 때의 눈으로 옷 무더기를 바라봤다.

"이거랑 이거 입어 봐."

"알았어."

최창수는 바로 교복 바지를 내렸다. 파란 줄무늬 팬티가
드러난다.

"바, 바보야! 여자 앞에서 훌렁 훌렁 벗으면 어떡해!"

화들짝 놀란 서유라가 두 손으로 얼굴을 가렸다. 하지
만 손가락은 다 벌려져 있어서 안 가린 거나 마찬가지였
다.

"아, 미안 미안. 다 입으면 부를 테니까 나가 있어."

순간 그냥 뒤만 돌아볼까 생각하다가, 그랬다가는 최창
수에게 이상한 여자로 보일 거 같아서 서유라는 바로 방 밖
으로 나갔다.

잠시 후 최창수가 불러서 방으로 들어갔고, 그의 옷차림
을 살펴봤지만 아직은 학생 티가 났다.

그 뒤에도 최창수는 다섯 번이나 옷을 더 갈아입었다.

"음, 그 정도면 된 거 같아."

"그래?"

최창수는 거실에 있는 거울 앞에 섰다.

깔끔한 면바지와 바지 안에 집어넣은 흰 와이셔츠.

단지 그뿐인데 갓 고등학교를 졸업한 스무 살 같았다.

추가로 서유라가 최창수의 헤어스타일까지 바꿔주니까
빼도 박도 못하고 새내기 대학생이 됐다.

"오! 진짜 어른 같아!"

"창수 네가 동안은 아니라서. 딱 그 나이 대처럼 보이는 외모야."

"노안만 아니면 됐지. 좋아, 가자!"

시간을 확인했다.

야간자율학습 시작까지 앞으로 30분!

그 안에 모든 걸 끝내야 한다.

· · · ◈ · · ·

복권을 교환할 편의점 앞.

서유라는 밖에서 지켜보라 한 뒤 자기 혼자서 편의점에 들어갔다.

다행히도 아르바이트생은 20대 초반인 대학생이었다.

'휴, 나이 많은 사람이었으면 꼬치꼬치 캐물었을 텐데. 오늘도 운이 좋아.'

친구들에게 듣자 하니 요즘 20대 아르바이트생들은 대충 시간만 채우고 돈 받으려는 마음이 강해서, 대충 보기에 성인 같으면 신분증 검사를 안 한다고 했다.

아르바이트생이 자신을 학생이라 판단하기 전에 승부를 내야 한다!

최창수는 바로 아르바이트생에게 복권을 넘겼다.

"복권 교환해주세요."

"네, 잠시만요."

아르바이트생이 망설임 없이 복권을 받아 들어 당첨여부를 확인했다.

확실한 10만 원짜리 복권.

바로 금고에서 돈을 꺼내 교환을 해주려고 했다.

그때였다.

'음, 근데 고등학생 아니지?'

유심히 최창수를 살펴봤다.

고등학생 같으면서도 작년에 갓 스무 살이 된 것 같기도 하다.

사장은 학생처럼 보이면 무조건 신분증을 확인하라고 했지만, 여태껏 단 한 번도 지킨 적이 없다.

왜?

어차피 신고하는 학생도 없으니까.

또 신고를 당해도 위조 신분증이라 깜빡 속았다고 말하면 해결되는 문제였다.

'귀찮다, 그냥 바꿔주지 뭐.'

갈등 끝에 아르바이트생이 10만원을 꺼내 최창수에게 건넸다.

"여기 있습니다."

"감사합니다. 아, 3천 원짜리 복권 세 장이랑 1천 원짜리 한 장도 주세요."

"여기요."

"수고하세요~"

돈과 복권을 받은 최창수가 허겁지겁 밖으로 뛰쳐나왔다. 그리고 성공했냐는 서유라의 질문도 무시하고, 그녀의 손을 잡고 무작정 달리기 시작했다.

그 뜀박질이 멈춘 건 학교 안에 있는 정자였다.

"하아…… 갑자기 왜 뛰어? 발목 접질릴 뻔 했잖아. 혹시 실패했어?"

"후후, 무슨 소리! 혹여나 다시 확인하겠다고 따라올까 봐 뛴 거야."

비장하게 웃으면서 최창수가 돈과 복권을 꺼냈다.

"대박! 성공했구나!"

"알바생 말투에서부터 귀찮다는 게 팍팍 느껴지더라. 자, 약속했던 3만원."

"땡큐~. 옷 골라주고 3만원이라니, 돈 벌기 쉽네."

"쉽냐? 난 엄청 어려웠다."

남의 돈 먹기가 아무리 힘들다지만, 설마 이 정도로 힘들 줄은 몰랐다.

"그럼 이제 볼 일 끝났으면 집 가도 되지? 밥 먹고 학원 가야 해."

"가기 전에 나랑 복권이나 긁자."

최창수가 3천원짜리 복권 한 장과 동전 하나를 그녀에게 건넸다.

"이거 어떻게 하는 거야?"

"쯧쯧, 복권 한 번 안 사본 학생 티 팍팍 내기는! 자, 알려줄게."

최창수가 자신의 복권을 긁었다.

당첨금액은 2천만 원!

"헉! 뭐야, 뭐야? 2천만 원 당첨된 거야? 대박!"

"아냐, 이 바보야. 여기 적힌 숫자보다 높아야 당첨이야."

말하면서 복권을 살살 긁었다.

즉석복권 2등의 당첨확률은 고작 백만분의 일!

아무리 운수 대통령 덕분에 행운이 상승했어도 벼락에 맞는 것보다 어려운 그 희미한 확률은 뚫지 못했다.

두 사람은 남은 복권을 전부 긁었다.

보통 천 원짜리 당첨되기도 어려움이 있는 복권.

하지만 최창수의 행운이 있어서 5천원과 1천원이 하나씩 당첨됐다.

다시 편의점으로 돌아가 돈으로 교환하고, 복권을 긁느라 저녁은 거르고 바로 학원에 가야겠다는 서유라와 함께 6천원 치 분식을 사먹었다.

"헤헤, 맛있다."

"얼굴 풀어진 거 봐라. 보기 좋네, 많이 먹어라."

"응!"

학생에게 있어서는 나름의 모험이었던 하루가 무사히 지나갔다.

．．．◈．．．．

다음 날.

어제 일 때문에 피로해진 최창수는 늦잠을 자버렸고, 조회가 시작되기 전에야 겨우 등교를 했다.

자리에 앉자 담임선생이 출석을 불렀다.

그 중 딱 한 명.

담임선생이 이름을 부르지 않고 건너 뛴 학생이 있었다.

"선생님, 구자용은요?"

최창수가 물었다.

구자용과 같은 반이 된 지 벌써 반년이 넘었다. 그동안 그가 지각이나 조퇴, 혹은 결석을 하는 건 한 번도 본 적이 없다.

감기가 한창 유행했을 때도 그는 마스크를 쓰고 수업에 임했고, 정말 힘들면 선생에게 허락받아 양호실에서 한 시간만 자고 다시 수업에 참석할 정도였다.

"자용이 오늘 몸이 많이 안 좋아서 결석한다고 부모님한테 전화 왔더라."

"많이 안 좋대요?"

"자용이 목소리 들어보니까 그래 보이던데? 만날 자용이랑 으르렁거리더니, 걱정 되나보다?"

"걔가 일방적으로 으르렁 거리는 거죠. 알겠어요."

고개를 슬쩍 돌려 구자용의 책상을 바라봤다.

눈이 마주치면 조소를 짓는 그가 없어 어쩐지 마음이 허전했다.

'자식, 걱정시키고 있네.'

내일 구자용이 등교하면 몸 상태가 물어보기로 했다.

"아, 참."

조회가 끝나고.

교무실로 돌아가려던 담임선생이 갑작스레 말했다.

"내일이 수능대비 모의고사 날 인거 알지? 학생부에 반영은 안 되니까 다들 여유롭게 해라."

송근태 현대 판타지 장편소설

세 번째 이야기
수험생의 모의고사

운수 대통령

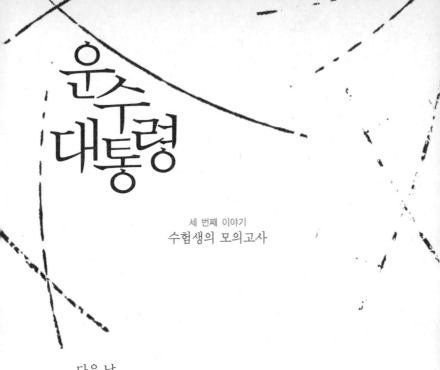

운수
대통령

세 번째 이야기
수험생의 모의고사

다음 날.

운수 대통령이 생긴 뒤로 최창수의 아침은 사뭇 달라졌다.

예전에는 일어나서 샤워를 하고 교복을 입고, 잠깐의 공부 후 아침 식사를 하고 등교를 했지만.

이제는 운수 대통령을 실행하고 자신이 바로 충족할 수 있는 행운의 아이템이나 색깔을 떠올리게 됐다.

〈2015년 7월 29일 운수 대통령님의 운세입니다〉

〈행운의 아이템 : 볼에 붙은 다섯 개 이상의 반창고〉

〈행운의 색깔 : 세 갈래로 갈라진 붉은색〉

〈행운의 장소 : 숨소리만 들리는 밀폐 공간〉

'장난하나.'

오늘의 운세를 보자마자 헛웃음이 나왔다.

반창고야 가능하다 쳐도, 나머지 두 개는 충족하기 상당히 어려운 조건이었다.

'어차피 오늘은 모의고사만 있으니까, 괜찮으려나.'

만약 실제 수능이었다면 무슨 수를 써서라도 세 개를 전부 충족시켰을 거다.

하지만 오늘은 어디까지나 모의고사.

성적 따위는 상관이 없다.

수능 문제가 어떤 식으로 출제되는 지만 파악하고 나머지 시간은 개인 공부를 하거나 수면을 취할 생각이었다.

아침 식사를 마친 최창수는 바로 학교로 향했고, 도착하기 전에 근처 약국에 들려 반창고를 샀다.

그리고 볼 한 쪽에 다섯 개를 덕지덕지 붙였다.

그 덕분에 교실에 들어서자마자 관심을 받게 됐다.

"창수, 너 볼이 왜 그래?!"

친구들과 얘기 중이던 서유라가 그의 얼굴을 확인하자마자 허겁지겁 달려왔다.

걱정스러워 하는 그녀의 얼굴.

최창수는 고개를 숙이면서 목소리를 낮게 깔았다.

"좀…… 싸웠어."

"싸, 싸우다니? 누구랑?"

"어제 어깨 형님이랑 부딪혔는데, 워낙 피곤해서 신경질적으로 반응했거든. 먼저 주먹이 날아와서 나도 반격했지."

"헉! 괘, 괜찮은 거야? 어디 심하게 다친 곳은 없어? 그 사람이 보복하러 오면 어떡해? 경찰에 신고해야 하는 거 아냐?"

"아냐, 괜찮아. 왜냐면."

씨익 웃으며 최창수가 반창고를 뗐다.

"뻥이거든."

"……야!"

진심으로 화났다는 듯 서유라가 크게 소리 질렀다.

화들짝 놀란 학생들의 시선이 두 명에게 향했다.

"사람이 진짜로 걱정해줬는데! 이 나쁜 자식아!"

"하하! 알았어, 장난쳐서 미안하다. 미안해."

미안하면 다냐고 서유라가 계속 화를 냈지만, 최창수는 웃으면서 반창고를 다시 붙일 뿐이었다.

자리에 앉은 최창수는 바로 교실의 인원을 파악했다.

아직 안 온 학생이 몇 있었고, 그 중에는 구자용도 포함됐다.

'오늘도 결석인가?'

구자용의 성격 상 아무리 학생부에 기록되지 않더라도 수능 모의고사가 있다면 반드시 등교할 게 분명하다.

더더욱 이 모의고사에서 우수한 성적을 받아 자신을 놀릴 게 뻔하다.

갑자기 공부해봤자 결국 그게 한계라고.

'실전이 아니면 상관없지만.'

잠시 후.

조회시간이 됐다.

담임선생이 들어와 오늘 예정을 설명했다.

"오늘은 수능대비 모의고사가 있는 날이라고 어제 말했지? 실제 수능 때처럼 시간을 길게 잡아먹지는 않을 거다. 어디까지나 수능 시험은 어떤 유형인지 감만 잡으라는 거니까."

담임선생의 말에 따르면 오늘은 5시에 모의고사가 종료될 예정이라고 했다.

야간자율학습에 참여하지 않는 학생들은 하교가 30분이나 늦어져서 반발이 조금 있었지만, 그런다고 정해진 예정이 바뀌는 건 아니었다.

다들 오늘 하루 수업이 없다는 걸 위안 삼기로 했다.

조회시간이 끝나고.

담임선생이 교무실로 돌아가려고 하자 교실 뒷문이 열렸다.

"늦어서 죄송합니다."

구자용이었다.

몸 상태가 안 좋다고 어제 하루 쉰 그의 얼굴이 오늘은 몇 년 묵은 체증이 싹 사라진 것처럼 상쾌했다.

"어, 자용이. 이제 몸 괜찮은 거냐?"

"네, 하루 더 쉬려고 했는데 오늘 수능 모의고사가 있다고 해서요."

"역시 자용이, 착실하구나."

담임선생이 엄지를 척 치켜들고 잠시 멈췄던 걸음을 다시 움직였다.

담임선생이 나가기가 무섭게 교실이 떠들썩해졌다.

최창수는 바로 구자용에게 다가갔다.

"야, 이제 괜찮은 거야?"

구자용이 무표정하게 최창수를 바라봤다.

우선은 예의상 물어봤지만 돌아올 반응은 뻔히 예상 갔다.

"걱정해 준 거냐?"

"어?"

예상했던 대답은 신경 끄고 2등의 공부나 하라는 것.

하지만 구자용은 최창수에게 손을 건넸다.

"설마 네가 걱정할 줄은 몰랐네. 내가 만날 시비만 걸어서 싫어할 줄 알았는데."

"어…… 아, 아니. 그래도 우선은 같은 반 친구가 아프다는데 어떻게 걱정을 안 하냐."

"친구라 생각해주는 거냐? 키킥, 고맙다."

구자용이 웃었다.

평소의 비웃음이 아닌, 진정으로 고맙다는 감정이 느껴지는 웃음이었다.

그게 어색하게 다가온 최창수는 어쩔 줄 몰라 했다.

그런 그에게 구자용이 음료수를 건넸다.

"내가 마시려고 땄는데, 갑자기 먹고 싶지 않아졌네. 너 마실래?"

"진짜?"

안 그래도 목이 마르던 참이었다.

최창수는 구자용의 허락이 떨어지기가 무섭게 음료수를 받았다.

그리고 바로 음료수를 마시려던 순간, 어째 음료수에게 이상한 냄새가 맡아졌다.

"안 마셔? 시원할 때 어서 마셔."

"……시험 보면서 마셔야겠다."

"그러던가."

구자용이 다시 교과서로 고개를 돌렸다.

용건이 끝난 최창수는 자리로 돌아가 유심히 음료수를 살폈다.

'이 냄새가 아닌데?'

구자용이 건넨 음료수는 학교 매점에서 판매하는 과일 음료수였다. 이 음료수를 좋아하는 최창수는 그 특유의 향기를 알고 있다.

'과일 향이 나긴 하는데…… 뭔가 약 냄새도 난단 말이지.'

만약 다른 사람이 준 거라면 의심 없이 마셨을 거다.

하지만 구자용이 줬기 때문에 느낌이 싸하다.

'하루아침에 변한 저 상냥한 태도, 그리고 이 음료수까지…….'

불길한 예감이 한층 강해졌다.

'확인해보자.'

최창수는 1교시까지 시간이 남아있는 걸 확인하고는 곧장 매점으로 향했다.

한편, 음료수를 갖고 교실을 나선 최창수를 보며 구자용은 불안함을 느꼈다.

'왜 안마시지? 혹시 알아차린 건가? 아니야, 개도 아니고 냄새로 구분할 리가 없잖아?'

구자용은 교복 주머니를 뒤졌다. 잔뜩 구겨진 약봉지가 하나 나왔다.

초강력 설사약.

최창수에게 건넨 음료수에 몰래 탄 약이었다.

'마시기만 하면 하루는 화장실만 지키게 된다고!'

구자용은 본의 아니게 결석하게 된 어제를 떠올렸다.

모의고사라고는 하나 절대로 최창수에게 지고 싶지 않았다. 어떻게 하면 당일 날 최창수를 나락에 빠트릴 수 있을까 고민하다가 나온 게 바로 설사약을 먹이는 거였다.

확실하게 최창수를 몰락시켜야 했고, 어중간한지 아닌지 자신이 직접 설사약을 먹어봤다.

효과는 그야말로 발군 그 자체.

만날 앉아서 공부만 하느라 장에 쌓인 변이 전부 사라지고, 가벼운 탈수 증세까지 일으켰었다.

아직까지 뱃속이 살짝 불안하지만, 새벽 일찍 영양제를 맞고 와서 큰일은 없을 거 같았다.

'크큭! 최창수! 날 무시한 벌을 받게 해주마!'

만약 최창수가 참지 못하게 교실에서 볼 일을 본다면?

그때는 어떤 식으로 놀릴 지도 전부 생각해둔 구자용이
었다.

· · · ◈ · · ·

한편.

최창수는 매점에서 똑같은 음료수를 사고 잠시 근처 정
자에 앉아있는 중이었다.

자신이 구매한 것과 구자용이 준 것까지 총 세 캔의 음료
수.

한 캔은 자신이 마셔서 비어있었다.

그 빈 캔에 구자용이 준 음료수의 내용물을 따라봤다.

'색깔부터 다르네.'

본래 이 음료수의 색깔은 노란색이다. 하지만 구자용의
음료수는 초록색이 살짝 가미되어 있었다.

'얘가 대체 음료수에 뭔 짓을 한 거지? 독약이라도 탔
나? 그전에 내가 어째서 이런 짓까지 당해야 하지?'

눈을 감고 구자용과 만난 후에 일을 떠올려봤다.

혹여나 자신이 뭔가 잘못을 한 게 있나.

하나도 없었다.

구자용이 일방적으로 시비를 걸었으면 걸었지, 자신이
먼저 그의 심기를 거슬린 적은 없었다.

'쳇. 걱정해서 손해만 봤네.'

빈 캔을 거칠게 쓰레기통에 던지고 남은 음료수 뚜껑을 땄다.

이걸로 뚜껑이 따진 음료수는 총 두 개.

겉보기로는 어떤 게 설사약을 탄 지 확인할 수 없는 그걸 갖고 교실로 향했다.

모의고사 5분 전.

다행히도 구자용은 교실에 있었다.

"야."

최창수가 다가가 구자용이 준 음료수의 내용물이 들어있는 캔을 건넸다.

"역시 얻어먹자니 미안해서 하나 더 사왔다. 너 마셔."

"괘, 괜찮은데?"

"내가 찜찜해서 그래, 줄 때 마셔. 나중에 사달라고 하지 말고."

"……그래."

이번에는 구자용이 살짝 싸한 느낌을 받았지만 다음에 최창수가 뱉은 말이 그 불안함을 확 가시게 해줬다.

"아, 그런데 갑자기 왜 속이 안 좋지?"

"속이 안 좋다고?"

"아까 음료수 마시다가 사레 들려서 재채기를 심하게 했거든. 그거 때문인가?"

"시간 지나면 괜찮아지겠지."

"그치? 어쨌든 음료수 잘 마셨다, 내가 준 거라고 버리지 말고 꼭 마셔라."

"그래."

모의고사을 알리는 종소리가 교내에 울려 퍼졌다.

최창수는 자리로 돌아가 시험 준비를 했다. 그리고 살짝 쓰린 배를 문질렀다. 실제로 아까 음료수를 마시다가 재채기를 심하게 했었으니까…….

하지만 구자용은 그걸 다르게 받아들였다.

'크큭! 멍청한 녀석! 슬슬 신호가 오지? 어서 화장실에나 가라고! 아, 하지만 화장실 가도 못 나오겠구나? 이 층 화장실 휴지는 내가 전부 버려뒀거든!'

그게 일부터 늦게 등교한 이유였다.

마침내 수능 모의고사가 시작됐다.

1교시는 언어영역.

시간상 수능 때보다는 적은 양의 문제가 출제됐다. 그 대신 핵심적인 문제가 많아서 학생들은 곤란을 겪게 됐다.

'음, 대충 이 정도인가?'

작년도 수능시험을 확인하자 마음이 여유로워졌다. 왜냐면 수능문제는 엄청나게 어려울 거라 생각했으니까.

하지만 막상 문제와 마주하니, 단순한 내용을 난해하게 꼬아놨다는 인상이 강했다.

'요점만 파악하면 쉽겠어.'

과목은 다르지만 도서관에서의 경험 덕분에 요점을 파악

하는 능력은 월등하게 좋아졌다.

딱히 잠도 오지 않겠다.

최창수는 자신의 실력을 확인해보기로 했다.

우선은 문제를 먼저 읽고 필요한 지문을 읽는다. 그 다음으로는 정답을 읽는다.

이것만으로도 문제의 요점이 얼추 보이고, 긴 지문은 읽을 필요성이 사라지게 된다.

사실 일반적인 학생은 이 방법으로 요점을 파악하기 힘들다.

하지만 최창수가 이번 년도에 들어서 푼 문제집만 해도 한 과목 당 열권이 넘는다.

그만큼 미친 듯이 공부했다는 것!

그 덕분에 문제의 공식이 상당수 머리에 자리 잡게 됐다.

다른 학생들은 한 문제 당 2~3분씩은 소요하고 있을 때, 최창수는 30초 꼴로 문제의 정답을 발견했다.

도중에 정답이 파악 안 되는 문제와 마주하면 과감하게 연필을 굴려 찍기 신공을 펼쳐 1교시 종료까지 30분이나 남겨두고 빈 칸이 없는 OMR답안지를 만들어냈다.

'자자.'

순식간에 확 집중했더니 졸음이 몰려왔다.

곧바로 책상에 엎어진 최창수.

그를 보며 구자용은 이상함을 느꼈다.

'왜 멀쩡하지?'

계획대로라면, 지금쯤 최창수는 교실에 없어야 했다.

휴지 없는 화장실에 있어야 하니까.

'설마 안 마셨나? 아니야, 분명히 속이 안 좋다고 했어. 젠장! 억지로 참고 있는 건가?'

초침이 한 칸씩 움직일 때마다 초조함이 심해졌다.

아까 전 엄청난 집중력을 보였던 최창수를 두 눈으로 똑똑히 지켜봤다.

'제대로 문제를 풀어봤자 날 이길 수는 없겠지만.'

머리로는 자신의 승리를 확신했지만, 며칠 전 있던 회화 수업이 자꾸만 머릿속에 아른거렸다.

언제 최창수가 자신을 뛰어넘을지 모른다.

선풍기만 돌고 있는 교실에서, 최창수 때문에 고민까지 깊어지자 갈증이 일었다.

'저 녀석이 준 거라서 먹기 싫지만, 갈증이 너무 심하네.'

음료수를 한 모금 마셨다.

그리고…….

"읍?!"

강력한 신호가 왔다.

· · · ◈ · · ·

지금 당장 화장실로 가지 않으면 인생의 커다란 오점을 남기게 된다.

"서, 선생님."

배를 부여잡은 구자용이 괄약근에 힘을 꽉 주고 자리에서 일어났다.

새파란 안색과 조금씩 흐르는 식은 땀.

죽을 병이라도 걸린 모습이었다.

"진짜…… 이러다 죽을 거 같은데 화장실 좀 다녀와도 되겠습니까……."

"그래, 갔다 와."

"가, 감사합니다…… 윽!"

뱃속에 위험신호가 한층 더 강해졌다.

구자용은 가방에 있는 휴지를 챙길 생각도 못하고 바로 교실 밖으로 뛰쳐나갔다. 도중에 단말마가 울렸지만……들은 사람은 아무도 없었다.

'역시, 음료수에 뭔 짓을 했네.'

자느라 구자용이 음료수를 마시는 건 못 봤지만.

창가에 있다가 책상으로 이동한 캔만으로도 그가 음료수를 마셨다는 걸 짐작할 수 있었다.

'앞으로 내가 두 번 다시 저 놈 걱정하나 봐라.'

구자용의 곤란이 속 시원하게 다가왔다.

우우웅.

다시 자려던 찰나.

주머니 속 휴대폰이 울렸다.

학생부에 반영되는 시험 때는 휴대폰을 걷지만, 오늘은

모의고사라서 휴대폰을 걷지 않았다.

'뭐지?'

물론 그렇다 해서 수업시간에 휴대폰을 확인해도 되는 건 아니다.

최창수는 쉬는 시간에 확인하기로 했다.

잠시 후.

맨 뒷자리에 앉은 학생이 OMR카드를 걷는 걸로 1교시 국어영역이 끝났다.

"잘 봤어?"

시험지를 들고 서유라가 찾아왔다.

"그럭저럭? 생각보다 쉬워서 금방 풀었어."

"이게 쉬웠다고?"

서유라는 국어영역 때를 떠올렸다. 시험지 절반을 차지하는 긴 지문을 읽느라 시간낭비를 하고, 헷갈리는 정답이 많아서 반쯤은 찍다 시피 했다.

그런데 쉬웠다니?

최창수가 딱히 허세를 부리는 것처럼 보이지 않아서 당혹스러웠다.

'진짜 머리 좋다니까.'

생각해보면 최창수는 중학교 때부터 그랬다.

몰라서 안 하는 게 아니라, 귀찮아서 하지 않는 성향이 더욱 강했다. 그러다 보니 한 번 하기로 결정하면 항상 완벽하게 해냈었다.

물론 최창수가 공부를 한다고 했을 때는 조금 불안했다.

공부는 튼튼한 기초가 필요한데, 최창수에게는 그게 없었다. 하지만 없으면 없는 대로 최창수는 자기만의 공부법을 만들어냈다.

"한 번 정답 맞춰보자."

학생부에는 반영되지 않지만 다음 날에 따로 답안지는 준다고 했었다.

학생들이 자신의 성적을 확인할 수 있도록, 또는 친구와 경쟁심을 일으키기 위함이다.

"그전에 잠시만."

최창수는 휴대폰을 꺼냈다.

그리고 소리를 질렀다.

"으아아악!"

"까, 깜짝이! 왜 소리 지르고 그래?"

"어…… 아, 젠장……."

휴대폰은 운수 대통령이 멋대로 실행된 상태였다.

새로운 목표와 함께 말이다.

〈운수 대통령님, 목표가 생겼어요!〉

〈목표 : 모의고사에서 평균 85점 달성하기!〉

〈성공조건 : 모의고사에서 평균 85점 달성하고, 한 과목당 7문제 미만으로 틀리기〉

〈보상 : 인생 포인트 +1〉

'아, 이럴 줄 알았으면 신중을 다했을 텐데.'

인생 포인트에는 그 만큼의 값어치가 있다.

"무슨 일 생겼어?"

"음…… 아니다. 정답이나 맞춰보자."

이미 지나간 일에 후회해봤자 소용없다.

신중을 다하지는 않았지만, 집중해서 풀었으니 90점에 가까운 성적이 나오리라 생각하고 서유라와 답을 맞춰봤다.

"아, 이것도 틀렸네."

최창수의 문제지가 곧 답안지라 생각하는지, 그녀는 최창수와 다른 정답에는 망설임 없이 빗줄기를 그었다.

"야, 네가 일방적으로 내 문제지만 보면 답을 맞춰보는 게 아니지 않냐?"

"어? 그런가?"

"다른 애들 것도 봐보자."

반에서 가장 우수한 학생은 구자용이지만, 그는 현재 화장실에서 돌아오지 않았다.

다행히도 그 다음으로 성적이 우수한 학생들이 정답을 맞춰보고 있었다. 최창수는 자연스레 그 무리에 들어가 도움을 얻고자 했다.

다들 알겠다고는 했지만 어째 반기는 분위기는 아니었다.

그들에게 있어 순식간에 성적을 올려, 자신들을 바짝 추격하는 최창수가 영 탐탁지 않았으니까.

그 분풀이로, 그들은 자신과 정답이 다르면 무조건 최창수가 틀렸다면서 분위기를 안 좋게 몰아갔다.

2학년이었다면 이들의 말을 기분 나쁘게 받아들이지도 않고 순순이 믿었을 거다.

하지만 이제는 아니다.

나름 자신의 성적에 자신이 생겼다. 여태껏 확신을 갖고 고른 정답은 틀린 적이 없었다.

무엇보다 그들의 말에 따르면 최창수의 국어시험 점수는 70점 밖에 안 된다.

"아, 젠장……."

시작부터 목표달성에 실패했다고 생각하자 욕이 나왔다.

그러자 늘 책상에 앉아 사전까지 씹어 먹던 학생들이 흠칫 놀랐다.

공부를 하기 직전, 최창수는 자유분방한 학교생활을 보냈다. 양아치와 싸워서 이긴 적은 여러 번 있었다.

공부도 잘하고 싸움도 잘한다.

몇 몇 학생으로부터 시샘 받는 이유였다.

그때!

확 상한 최창수의 기분을 풀어주기 위해서인지, 교실에 들어온 반장이 소리쳤다.

"야! 답안지 하루 빨리 떴다!"

"뭐?!"

가장 먼저 반응한 건 최창수였다.

그는 문제지를 갖고 후다닥 달려가 반장으로부터 답안지

를 뺏었다.

그리고 다시 한 번 정답을 체크하기 시작했다.

그 결과 아까보다 23점이 오른 93점이 나왔다. 틀린 문제도 고작 두 문제 뿐.

자신이 틀렸다고 주장한 학생들을 노려볼 수밖에 없었다.

"야."

"차, 창수야?"

"내가 틀렸다면서. 이건 뭔데?"

평소라면 무시하고 지나갈 일!

하지만 인생 포인트와 관련된 일로 농락당해서 기분이 퍽 나빴다.

"어, 어차피 모의고사인데 화 낼 거까지는 없잖아?"

"내가 화 안 나게 생겼냐? 너희들이 단합해서 내 점수를 조져놨는데?"

"창수야, 너무 화내지 마."

그때 서유라가 분란 속에 끼어들었다.

날카로운 최창수의 눈빛에 서유라는 순간 화들짝 놀랐지만, 그를 진정시키는 게 우선이었다.

"나도 쟤들이 한 짓 마음에 안 들지만, 일단은 점수가 잘 나왔으니까 화 풀어."

"점수…… 흠, 그래. 그렇지."

서유라의 등장 덕분에 머리를 뚫고 나오려던 분노가 사그라졌다. 심장이 쫄깃해졌던 학생들도 안도의 한숨을 쉬었다.

이곳에 최창수는 내버려둬서는 안 될 거 같아, 서유라가 직접 그의 손목을 붙잡고 자리로 돌아갔다.

"93점이면 거의 만점이네?"

"두 문제만 더 잘 풀었으면 진짜 만점이었을 텐데."

"그런 소리 하지 마라~ 얄미우니까."

"넌 몇 점인데?"

"76점……."

서유라가 어깨를 축 늘어트렸다. 아무래도 본인 점수가 제법 충격적이었나 보다.

"실전에서는 더 잘하겠지."

서유라의 배를 쿡쿡 찌르며 나름의 위로를 했다. 그러자 서유라가 입을 풍선처럼 부풀리며 뒤로 물러섰다.

"배 찌르지 마라."

"왜? 살이라도 쪘냐?"

"……여자한테 그런 거 묻는 거 아니거든?"

"아, 그래? 알겠어, 화장실 다녀오고 그 뒤로는 안 물어 볼게."

아까 전 음료수를 마신 탓인지 화장실에 가고 싶어졌다.

하지만 2교시 시작까지 남은 시간은 3분.

만약 자신이 늦게 돌아오면 선생에게 알아서 잘 말해달 라고 서유라에게 부탁하고 바로 화장실로 달려갔다.

다행히도 작은 거라서 볼 일은 금방 끝났다.

그때였다.

"거기 누구 있어?"

구자용의 목소리가 들렸다.

주변을 둘러봤지만 아무도 없다.

의심 가는 곳은 딱 한 곳.

유일하게 잠겨 있는 좌변기 칸이었다.

"여태 화장실에 있냐?"

"이 목소리는…… 최창수냐?!"

"내 목소리가 흔하다고는 생각 안 하는데. 곧 2교시 시작하는데 언제 화장실에서 나오려고."

"그, 그게 말이다……."

구자용이 갑작스레 조용해졌다.

말하기 창피한 것이었다.

자신이 파놓은 함정에 빠졌다는 게…….

"말 없으면 간다."

"아, 알았어! 말할 게, 말할 테니까 기다려! 휴지가 없어서 갇혔어!"

"조심히 움직여서 다른 칸 확인해 봐."

"다른 칸도 없다고……."

"왜 없는데?"

"내, 내가 버렸거든……."

"버렸다고?"

이해할 수 없는 말. 하지만 한 가지 확실한 건 알 수 있었다.

'날 골탕 먹이려고 버린 거 같은데.'

그거 말고는 구자용이 공부할 시간까지 버리면서 귀찮은 짓을 벌였을 리가 없다.

"좋아, 내 질문에 대답해주면 솔직히 말하면 휴지 갖다 줄게."

"진짜!?"

"대신 거짓말이면 휴지는 없다. 아침에 네가 나한테 준 음료수, 뭔가 수상한 짓을 해놨지?"

"그, 그게⋯⋯."

"간다."

"서, 설사약! 설사약을 타났어!"

"뭐?"

최창수의 얼굴이 일그러졌다.

"네 시험을 망치려고 설사약을 타났다고!"

"⋯⋯왜 그런 유치한 장난을 쳤는데? 내가 그렇게 싫냐? 딱히 너한테 잘못한 것도 없잖아."

그 질문에 구자용은 최창수가 싫은 이유를 전부 말했다.

인생의 실패자가 분명할 놈이 갑자기 빛을 봐서, 2학년 때까지 놀던 녀석이 유치원 때부터 공부를 한 자신을 바짝 따라오는 게 마음에 안 들어서.

"솔직히 나 말고도 널 싫어하는 애들 많을 걸?"

그 말에 최창수는 아까 전 일을 떠올렸다.

자신의 정답이 모두 틀렸다고 몰아가는 그 무리⋯⋯.

생각해보면 공부 좀 한다는 학생들은 어딘가 자신을 꺼

리는 것만 같았다.

구자용의 말을 듣고 나서야 그 이유를 알게 됐다.

하지만 딱히 우울해지지는 않았다.

남들이 자신을 싫어해서 어쩌란 말인가?

어차피 인생에 도움이 되는 건 자신을 좋아하는 사람뿐이다.

별 것도 아닌 이유로 남을 싫어하는 것들을 신경 쓸 필요도 없다.

"난 네가 이 정도로 성격이 나쁠 줄은 몰랐다."

그 말만 남기고 최창수는 교실로 돌아갔다.

잠시 후 돌아온 최창수는 구자용이 있는 칸에 휴지를 떨어트렸다.

한 쪽짜리 휴지를 말이다.

"알아서 닦던가 말든가."

· · · ◆ · · ·

2교시 수학영역이 시작됐다.

이번에는 조금 난해한 문제가 여럿 있었다.

하지만 최창수의 투지는 그 누구보다 강렬했다.

단순히 목표달성 때문이 아니다.

'구자용, 내가 공부를 잘 해서 싫은 거라면. 더 싫어지게 만들어주마!'

누군가가 자신을 이유 없이 싫어한다면, 싫어하게 만들

이유를 만들어주라는 격언이 있다.

최창수는 그 말대로 행동할 생각이었다.

우선 이번 수능 모의고사에서는 구자용을 당연히 이기게 된다.

그래서 이겨도 딱히 기쁘지는 않을 게 분명하다.

그럼 진짜로 구자용을 짓밟을 수 있는 기회는?

2학기 중간고사.

그리고 더욱 심하게 짓밟는 방법은?

구자용보다 좋은 대학교에 입학하는 것!

'고려 대학교에 간다고 했지? 그렇다면 나는 최강 대학교다!'

최강 대학교는 대한민국에서 최고로 알아주는 대학교였다.

물론 한세 대학교를 목표로 공부했기에 최강 대학교는 조금 무리가 있다.

현 상황만 보자면 말이다.

하지만 아직 수능까지는 시간이 잔뜩 남았다.

'두고 보자, 구자용. 내가 더 싫어지게 해줄 테니까!'

그러려면 이번 수능 모의고사에서 엄청난 성적을 거둬야 한다.

그래야 교장이 최강 대학교 추천서를 작성해줄 테니까.

최창수는 엄청난 집중력과 신중함을 발휘해서 모의고사에 집중했다.

그리고 다음 날이 왔다.

평소에는 떠들썩한 교실이 오늘은 고요했다.

그 이유는 하나.

바로 오늘 모의고사의 성적표가 나오기 때문이다.

수시를 쓸 생각이거나, 혹은 대학진학에 생각도 없는 학생들은 평소처럼 얘기를 나눴지만 최창수를 비롯한 학생들은 이 성적표를 기다리는 중이다.

자신에게 어울리는 대학의 등급이 정해지니까.

"다들 엄청 긴장하고 있구나."

아침 조회시간이 되자 담임이 여유롭게 웃으며 교단에 섰다.

그의 손에 들려있는 갈색 서류봉투.

모두의 시선이 서류봉투에 쏠렸다.

"출석체크하면서 나눠줄테니까, 호명 당하면 나와서 받아가도록. 자, 1번."

출석번호 1번이 자리에서 일어나 모의고사 성적표를 받아왔다. 나갈 때는 긴장감 가득하던 그의 얼굴이 돌아올 때는 상당히 편안해졌다.

순차적으로 학생들이 성적표를 받아오고, 최창수의 차례가 점점 다가왔다.

"25번."

드디어 자신의 차례가 왔다.

최창수는 모의고사 성적표를 받았다.

"창수, 공부 엄청 많이 했나 보더구나."

"열심히 해야죠."

적당히 대꾸하며 그 자리에서 성적표를 확인했다.

그리고 저도 모르게 말을 흐리게 됐다.

"저, 전교 6등……."

반에서는 1등.

전교에서는 6등.

한 과목을 제외하고는 모조리 2등급 대.

백분위도 89로 아슬아슬하게 2등급 턱걸이.

말도 안 되는 성적이었다.

"내가 교사생활만 10년인데, 2학년 때까지 펑펑 놀다가 막판에 뒤집기 제대로 한 학생은 너밖에 없다."

담임이 최창수에 어깨에 손을 올려놨다.

교육자의 미소.

비록 자신이 최창수에게 실질적으로 도움을 준 건 없지만, 그럼에도 불구하고 훌륭하게 자기 갈 길을 가고 있다는 게 자랑스러웠다.

"정말 잘했다."

"가, 감사합니다……."

예상하지도 못한 점수에 어떤 반응이 좋을지 감도 안 잡혔다.

'전산오류는 아니겠지?'

구자용이 자신을 싫어하는 이유를 들은 날.

미래의 집중력과 신중함을 끌어다 썼다 말해도 믿을 정도로 최창수는 굉장한 모습을 보여줬다.

1분 1초의 시간도 허투루 쓰지 않았고, 30분 만에 문제를 전부 풀었음에도 남은 30분 동안 몇 번이고 재확인을 했다.

정답을 바꾼 문제도 몇 있었고, 그대로 간 문제도 있었지만, 찍은 문제는 사회탐구 영역에서의 두 문제가 고작이었다.

시선이 사회탐구 영역으로 갔다.

90점대인 언어와 영어와 수리.

사회탐구 영역만 유일하게 100점이었다.

'운이 좋았어!'

찍은 두 문제는 아무리 고민해도 정답에 확신이 안 섰고, OMR카드를 걷기 전에 부랴부랴 고친 것이었다.

행운의 아이템 조건을 달성해서 얻은 행운.

그리고 나중에야 눈치 챈 행운의 장소로 얻은 행운이 도운 결과였다.

"자, 다들 받았지? 어디까지나 모의고사니까 점수가 나빴다고 너무 우울해하지 마라. 실제 수능 때보다 난이도도 쉬웠고, 문항수도 훨씬 적었으니까. 실전은 수능 날이야. 그때 잘하면 되니까 다들 마지막까지 노력하도록. 아침 조회는 이걸로 마치마."

담임선생이 나가자 교실에는 이런저런 얘기가 오가기 시작했다.

　기쁨과 한탄이 섞인 대화.

　최창수는 기쁨이 섞인 대화를 서유라와 나누게 됐다.

　"이게 정말 사람이 받을 수 있는 점수야?"

　최창수의 성적표를 확인한 서유라의 두 눈이 휘둥그레졌다.

　"그럼 너는 인간다운 점수겠네?"

　서유라는 모든 과목이 70점대였다.

　일반적인 고등학생다운 점수라 할 수 있었다.

　"천재는 타고난다더니만, 창수 너 진짜 천재아냐?"

　"노력하면 누구나 될 걸."

　"그럼 나는 노력 안 한 거냐!"

　서유라가 발끈했다.

　최창수는 가볍게 웃어넘겼다.

　동시에 시선이 구자용을 향했다.

　당장 내일이라도 죽을 거 같은 음침한 얼굴. 오만한 넘치던 평소의 모습은 온데간데없었다.

　어제.

　최창수가 준 휴지쪼가리는 전혀 도움이 되지 않았다. 다행히도 3교시 도중에 다른 반 학생이 화장실에 온 덕분에 일차적인 위기를 모면할 수 있었다.

　늦었지만 지금부터라도 최선을 다할 생각으로 구자용은

모의고사에 집중했지만, 5분 간격으로 부글거리는 속을 막을 방법은 없었다.

점수는 하향곡선을 그렸고, 인생 역사상 최악인 성적을 받게 됐다.

'부모님한테 된통 깨지겠군……'

구자용의 아버지는 대한민국에서 세 손가락에 드는 S기업의 임원 중 한 명이고, 어머니는 최강 대학교 경영학과에서 교수직을 맡고 있다.

그야 말로 엘리트 중의 엘리트 집안!

유치원생 때부터 고액과외를 받아왔고, 그건 여태까지 이어지고 있다. 자신에게 한 달에 드는 교육비만 1천만 원이 넘는다.

그런 자신이!

최창수에게 위협을 느낀다는 사실 자체도 굴욕적이건만, 그에게 된통 깨져버렸다.

분노에 이가 빠득 갈아졌다.

그러거나 말거나 최창수는 태어난 이래 이렇게나 고소한 적이 없었다.

'벌 받은 거야, 이 자식아.'

단순히 성격 나쁜 동급생이라고 생각했던 구자용을 이제는 확실한 적이라고 인식하게 됐다.

'편안한 마음으로 졸업 못하게 해주마.'

그동안 구자용에게 받은 모욕을 전부 돌려줄 심산이었다.

"구자용을 왜 그렇게 노려 봐?"

"……티 났냐?"

"음, 나만 알아차릴 정도? 근데 있잖아, 너 어느 과로 진학할 생각이야? 실전에서도 이 성적이 나온다면 어지간한 곳은 다 될 거 같은데."

"……과?"

그 순간 머릿속이 멍해졌다.

"설마 안 정해둔 거야?"

서유라가 어이없다는 표정을 지었다.

대학에 진학하겠다는 고등학생이 과도 안 정해뒀다니!

상상도 할 수 없는 일이다.

"어떤 과가 무난하냐?"

최창수의 일차적인 목표는 어디까지나 대학진학이었다. 그래서 한세 대학교에 입학할 수 있도록 무작정 공부만 했지, 그 외 부가적인 요소는 한 번도 생각한 적이 없다.

"글쎄? 나야 패션이 좋아서 패션과로 갈 생각이지만. 창수 너는 좋아하는 거 있어?"

"여행."

작년까지만 해도 방학이 되면 한 달의 절반은 이리저리 여행을 다녔었다.

물론 돈이 없었으므로 가끔은 노숙도 하고, 진심어린 모습으로 사정을 설명해 남의 집에서 지낸 적도 여러 번 있다.

"바보야, 여행하는 과가 있을 리가 없잖아."

"그럼 어떡하냐?"

"네 진로를 나한테 물어봐도……. 장래에 희망하는 직업은 없어?"

요즘 고등학생들에게 장래희망을 물으면 꼭 나오는 단골 직업이 있다.

공무원.

교사.

변호사.

의사.

이유는 간단하다.

안정적으로 돈을 벌거나, 억대 연봉을 벌거나.

돈이 곧 권력이 되어버린 사회가 됐기 때문이다.

하지만 자유분방한 삶을 지낸 최창수는 여행 때를 제외하고는 돈에 굴복한 적이 여태껏 한 번도 없다.

있으면 있는 대로, 없으면 없는 대로 그 삶에 적응해왔다.

'내 어릴 적 꿈이 뭐였지?'

곰곰이 생각해봤지만 대통령과 우주 비행사 말고는 떠오르는 게 없다.

"영여영문학과는 어때?"

서유라의 눈빛이 초롱초롱해졌다.

"너 저번에 영어시간 때 완전 대박이었잖아. 어줍짧은

곳보다는 아예 확실하게 잘할 수 있는 과가 좋지 않을까?"

"그러고 보니 그 얘기…… 영어 선생도 했었어."

"진짜?! 그럼 더 잘 된 일이잖아!"

"그럼 영어영문학과로 정할까?"

"그건 네 선택인데, 나쁘지 않을 걸? 요즘은 작은 카페만 가도 죄다 영어잖아. 뉴스에서도 영어랑 중국어를 알아야 살아남을 수 있다고 말하고."

"그치, 그러네."

건성으로 대답한 이유는 다른 생각을 하고 있기 때문이었다.

'지금 내 실력으로 일상대화는 되니까 해외에서 지장은 없겠지만…… 잘하면 더 도움이 되겠지?

마음이 슬슬 영어영문학과로 기울기 시작했다.

그 마음을 확실하게 해준 건 서유라의 다음 말이었다.

"그리고 영어영문학과에서 우수학생으로 뽑히면 대학 돈으로 해외연수도 갈 수 있대."

"해외연수?! 그럼 내 돈 안 쓰고 외국에 나갈 수 있는 거야?"

"으, 응. 대, 대신 네가 해외연수 가면…… 그. 나, 나는 조금 쓸쓸할 지도……."

서유라가 손가락을 쭈뼛거렸다. 제법 용기내서 한 말, 어느 사이 얼굴도 붉어졌다.

어떤 대답이 돌아올까?

아무리 자신의 어필에 무심한 최창수라도 이 말에는 반드시 반응할 거다!

그렇게 생각하고 최창수를 바라봤다. 그리고 잔뜩 실망하게 됐다.

"공짜로 해외여행!"

자신의 용기를 무시했다는 게 확실하게 느껴졌으니까.

· · · ◈ · · ·

그 날 저녁.

도서관에서의 일정도 소화하고 집에 돌아온 최창수는 바로 서랍을 뒤졌다.

"다 꾸겨졌네."

관심이 없어서 서랍에 넣어뒀던 입학사정관제 안내문이었다.

시험 때 못지않은 집중력으로 안내문을 읽어 내려갔다.

입학사정관제.

성적 위주의 획일적인 평가에서 벗어나 다양한 평가요소를 가지고, 뛰어난 잠재능력을 가진 학생을 발굴하는 전형 방법이다.

평가 요소로는 학생의 잠재력, 적성, 특기, 창의력, 문제 해결능력, 책임감, 봉사성, 리더쉽, 역경극복 등등.

다양한 요소와 모집학과의 특성을 고려한 다면적 평가를

실시해서 학생을 선발하는 게 대표적이다.

학생을 성적이 아닌 능력으로 선발하는 제도인 만큼 초반에는 제법 각광을 받았지만, 자기소개서와 심층면접이 중요한 만큼 요즘에는 입학사정관제를 전문적으로 준비하는 학원이 늘어나는 추세다.

"이건 이것대로 어렵네."

읽어본 결과, 차라리 수능에서 고득점을 얻는 게 쉬울 것만 같았다.

'아무리 정시라 수능 비중이 높아도, 내신을 아예 안 보는 건 아니니까.'

스스로 생각해도 자신의 내신은 혀를 대두를 정도다. 물론 3학년 때 폭발적으로 증가했기에 강한 인상은 심어줄 수 있겠지만, 여러모로 불리한 건 사실이다.

'흠…… 그냥 다 해봐야겠다.'

꼭 수능만 보란 법이 있는가?

요즘 고등학생은 대학에 진학하기 위해서 수시도 여러 개를 쓰는 판국이다.

'수능도 보고, 입학사정관제도 해봐야지.'

하나만 성공해도 대학 입학은 확정이고, 만약 둘 다 되면 그건 정말 가문의 영광이다. 입학 시에도 장학생으로 발탁될 게 틀림없다.

'그러면 부모님이 등록금 안 내주셔도 되니까.'

대학교 한 학기 등록금 평균이 400만원이다.

4년이면 3200만원.

물론 자식의 성공을 바라는 부모님이라면 무슨 수를 해서라도 내주겠지만, 그만큼 부담이 늘어나버린다. 또 최창수의 아버지는 대학에 입학하면 해외여행의 비용 절반을 부담하겠다고 약속까지 했다.

한 벌 휘어버릴 부모님의 허리가 두 번 휘어버린다.

'이것저것 생각할 게 많네~'

불평은 내뱉었지만, 최창수의 입가는 웃고 있었다.

"아 공부하자~ 대학가자~ 오늘도 덩실덩실~"

· · · ◈ · · ·

다음 날.

등교하기가 무섭게 최창수는 교무실에 있을 영어 선생을 찾아갔다.

"선생님."

"창수구나, 아침부터 뭔 일이냐?"

"저번에 저한테 입학사정관제 얘기하셨잖아요. 자세하게 들을 수 있을까요?"

"마음을 굳힌 거니?"

"네."

"한세 대학교 영어영문학과가 확실하고?"

"아, 대학교는 바꿨어요. 최강 대학교에 갈 거예요."

"……."

예상도 못한 대답에 영어 선생이 벙 찐 표정이 됐다.

현재 3학년 중에 최강 대학교를 목표로 하는 학생은 구자용을 포함해서 열 명 밖에 안 된다. 그 열 명 중에서도 다섯 명은 결국 다른 대학교에 갈 게 분명하다.

"음, 창수야. 네가 근래에 열심히 인 건 알겠지만 최강 대학교는 상당히 어려운 곳이란다."

"알아요."

"그런데도 가겠다고?"

"도전하는 건 상관없잖아요? 또 입학사정관제는 학생의 능력을 보는 제도니까 가능성 있다고 생각해요."

도전하는 건 상관없다!

그 말에 영어 선생은 뒤통수를 한 대 얻어맞은 기분이 들었다.

"그리고 전 반드시 최강 대학교 갈 거예요."

강한 확신이 담긴 최창수의 말.

영어 선생은 부끄러움을 느꼈다.

'그래, 학생이 가겠다는데. 선생 된 도리로서 최대한 도와줘야겠지.'

만약 다른 학생이었다면 이 정도의 충격은 받지 않았을 거다.

하지만 상대는 최창수!

3학년 때부터 성적이 고공행진하고, 3학년 전체 반을 통

틀어서 가장 완벽하게 외국인과 대화를 나누고, 또 이번 모의고사에서도 엄청난 성적을 거둔 학생이다.

교사생활 10년 동안 이런 학생은 한 번도 본 적이 없다.

영어 선생은 자신이 입학사정관제에 대해서 알고 있는 모든 정보를 알려줬다.

· · · ◈ · · ·

수업시간이건만, 최창수의 머릿속은 수업내용이 아닌 영어 선생과의 대화로 꽉 차 있었다.

'자기소개서랑 심층면접이라.'

영여 선생은 입학사정관제에서 이 두 개가 가장 중요하다고 말했다.

또 그 외에 면접에서 어필할 만한 경력이 있다면 좋다고 했고, 이 부분에 대해서는 토마스에게 부탁해 도움을 준다고 했었다.

'면접은 걱정 없다 쳐도.'

방학 때마다 여행을 다니면서 초면인 사람에게 말을 걸어 밥도 얻어먹고, 집에서 하룻밤 머무른 적이 여러 번이다.

친화력 하나 만큼은 뛰어난 최창수다.

'문제는 자기소개서인데.'

소설은 자주 읽는 편이지만, 서술형 문제를 풀 때랑 수행 평가 때를 제외하고는 제대로 된 글줄을 써본 적이 없다.

자신의 인생을 한 편의 소설로 바꾸는 거나 마찬가지인 자기소개 작성에는 무리가 있다.

"야."

열심히 수업내용을 적고 있는 서유라의 어깨를 건드렸다. 똑바르게 나아가고 있던 글씨가 빗겨나가자 그녀의 눈매가 날카로워졌다.

"뭐야, 왜 건드려."

바로 어제.

용기와 함께 전한 말이 무시당한 이후로 계속 기분이 안 좋은 상태다. 하소연을 들은 친구들도 최창수가 백 번 잘못했다고 입을 모았었다.

"너 논술학원 다닌다고 했지. 그럼 자기소개서 쓸 줄 아냐?"

"대학 진학하려면 필수인데 당연히 알지."

"잘 써?"

"음…… 그럭저럭?"

"잘 됐다. 나 입학사정관제 때문에 자기소개서 써야 하는데 도와줘라."

"……싫어. 흥!"

서유라가 고개를 휙 돌렸다.

최창수는 당황스러웠다.

'얘가 왜 이러지? 내가 또 뭔가 잘못했나?'

딴 사람도 아니고 서유라라면 반드시 자신의 부탁을 들어줬을 거라 생각했다. 워낙 사이가 좋고, 그녀는 자신의 목표를 응원해주고 있으니까.

"야, 이번에는 또 왜 그래?"

수업이 끝나고.

자신과 말도 섞으려 하지 않는 서유라를 졸졸 따라다녔다. 처음에는 그런 그가 귀찮았지만, 생각해보니 항상 자신이 최창수를 따라다녔지, 최창수가 자신을 따라다닌 적이 없어 금세 기분이 좋아졌다.

"내가 왜 화났는지 궁금해?"

"아, 진짜 화났어? 뭐 때문에 그런데?"

"……우리가 해외연수 얘기할 때. 그… 내, 내가 부끄러워하면서 너한테 뭐라고 말했는지 알아?"

아, 뭐라고 말했었어?

당연히 그 대답을 예상했다.

"나 해외연수 가면 쓸쓸할 거 같다면서."

"……못 들은 거 아니었어?"

"야. 딴 사람도 아니고 네가 한 말인데 못 들을 리가 있냐? 해외연수로 머릿속이 가득해서 대답 못 한 거야."

"그, 그럼 내가 왜 그런 말 했는지도 알아……?"

"당연히 알지! 네가 그렇게 티를 냈는데."

네가 그렇게나 티를 냈다!

그 말에 서유라는 쥐구멍에라도 숨고 싶은 심정이 됐다.

물론 최창수가 자신의 마음을 알아주는 것보다 기쁜 일은 없을 거다. 하지만 막상 그 때가 오자 부끄러움이 강하게 밀려왔다.

"오랜 친구가 사라지는 게 쓸쓸해서 그렇지?"

"……뭐?"

"나도 그 심정 알지. 초등학생 때 친했던 친구가 말도 없이 전학 갔을 때 정말 섭섭하고 쓸쓸하더라. 그러니까 걱정하지 마라! 난 반드시 말하고 갈게! 또 너 안 쓸쓸하게 외국에서도 자주 연락할게."

"너……."

자신의 마음을 전혀 알아주지 못한 최창수가 미웠다.

하지만 동시에 발전한 모습이 보였다.

예전이었다면 먼저 연락하겠다는 말 따위 안 했을 테니까.

"하아…… 알겠어. 자기소개서 도와줄게. 학교 끝나고 집 가서 메일로 예시 몇 개 보내줄 테니까, 그거 참고해서 쓴 다음 보여줘."

"정말?"

"그래, 이 바보야."

"크! 정말 고맙다, 유라야! 역시 네가 최고다!"

네가 최고다라는 말이 자신이 생각하는 뜻이 아니란 걸 서유라는 충분히 알고 있었다.

그럼에도 불구하고 가슴의 설렘을 막지 못했다.

착실하게 수업을 들으면서 최창수는 계속 자기소개서를 떠올렸다.

'지원동기가 확실하고, 고등학교에 재학하면서 노력하고 그로 인한 성과만 잘 쓰면 된다라……'

우선 지원동기는 확실했다.

구자용을 이기기 위해서!

이 얘기를 들은 서유라는 대학이 원하는 지원동기는 좀 더 학생다운 거라고 했다.

'노력하면서 얻은 성과는 확실하게 쓸 수 있는데. 에이, 소설 한 편 써야겠네.'

자기소개서는 한 편의 소설과 마찬가지다.

오죽하면 탈락한 자기소개서는 3류 소설이고 합격한 자기소개서는 베스트셀러라는 말까지 있겠는가.

고민 하던 도중, 최창수는 이 상황을 쉽게 타개할 수 있는 방법을 떠올렸다.

⟨최창수 : 운수 대통령⟩
⟨보유한 인생 포인트 : +3⟩

'그래, 이게 있었지!'

모의고사 날.

인생 포인트를 무려 3이나 받았다.

목표의 난이도에 따라 보상이 조금씩 달라지는 구조였다.

'분명히 자기소개서도 팔겠지?'

교과서를 바로 세워두고, 열심히 읽는 척하면서 운수 대통령 상점을 확인했다.

'작문이랑, 자기소개서랑 따로 나눠져 있네?'

두 개의 차이점을 확인해봤다.

작문은 소설에 특화된 능력이었고, 자기소개서는 말 그대로 자기소개서에 특화된 능력이었다.

비슷하면서도 다른 영역.

최창수는 망설임 없이 자기소개서 책을 구매했다.

〈인생 포인트가 1만큼 차감됐어요.〉

〈1단계 자기소개서 책을 사용했어요.〉

〈습득한 자기소개서 실력 : 자기소개서를 읽은 인원의 절반은 반드시 뽑아야겠다는 욕구가 들게 만들 정도의 실력〉

'대박인데?'

그 능력을 몸소 체험하기 위해서 공책에 자기소개서를 써봤다.

사실과 거짓을 적절히 섞어서 말이다.

그 결과…….

"지, 진짜 처음 쓴 거 맞아?"

수업이 끝나고, 최창수의 자기소개서를 읽은 서유라의 두 눈이 휘둥그레졌다.

도저히 첫 자기소개서라고는 믿을 수 없는 퀄리티.

읽는 것만으로도 최창수의 일생이 머릿속에 그려지고, 이 학생을 뽑지 않으면 엄청난 손해일 것만 같았다.

"논술학원 다니는 나도 이렇게는 못 쓰는데……."

"그 정도냐?"

"완전 장난 아냐. 학원 선생님이랑 비슷해. 한 번 선생님 한테도 보여드려봐. 나보다 자기소개서 더 많이 읽어보신 분들이니까."

"그래야겠다."

최창수는 바로 교무실로 달려갔다.

방금 막 수업이 끝났는지, 의자에 앉으려는 영어 선생이 보였다.

최창수는 영어 선생에게 자기소개서를 읽어 달라 부탁했다. 수업 때문에 지쳐서 조금은 쉬고 싶었지만, 최창수가 쓴 자기소개서라서 흥미가 일었다.

"흐음……."

영어 선생은 진지한 표정으로 자기소개서를 읽어 내려갔다.

그리고 잠시 후…….

"하아……."

영어 선생이 곤란하다는 표정으로 자기소개서를 책상에 내려뒀다.

그 모습에 불안함이 일었다.

능력은 자기소개서를 읽은 인원 중 절반에게만 발동하니까.

"창수야."

"네."

"내가 교사생활을 오래 했지만, 너 같은 학생은 정말 처음이다."

"그렇게 못 썼나요?"

"그게 아니란다. 널 보면 볼수록 천재라는 생각을 지울 수 없구나."

영어 선생이 벌떡 일어났다.

무뚝뚝하기로 소문이 난 영어 선생.

그가 최창수를 와락 껴안았다.

"창수 너라면 무조건 최강대 입학할 수 있겠구나."

"지, 진짜요?"

"선생님이 면접관이라면 무조건 널 합격시킬 정도의 자기소개서였다. 우리 창수, 정말 다재다능하구나. 이 정도의 학생을 어째서 여태 몰랐을까, 교사생활에 회의감이 드는구나."

끊이지 않는 칭찬.

그 칭찬에 최창수는 노력의 기쁨을 알게 됐다.

"고칠 필요도 없고, 더 쓸 필요도 없다. 이 자기소개서 그대로 가자꾸나."

"그래도 혹시 모르니까 몇 장 더 써서 와도 될까요? 완벽하게 하고 싶어요."

대다수의 학생은 이 정도면 충분하다는 말에 만족해버린다.

하지만 최창수는 아니었다.

충분하다 말해도 모자람을 느끼고 계속 발전하려는 모습.

학생을 떠나 사회인에게도 흔히 볼 수 없는 자세였다.

이런 학생을 어떻게 내칠 수 있겠는가?

"언제든지 와도 좋단다."

교사생활 10년.

반드시 성공시키고 싶은 학생은 최창수가 처음이었다.

송근태 현대 판타지 장편소설

네 번째 이야기
여름방학

운수 대통령

운수대통령

네 번째 이야기
여름방학

여름방학 하루 전.

영어 선생의 호출이 있어 교무실로 향했다.

"선생님, 저 불렀다면서요?"

"오, 창수 왔구나. 좋은 소식이 있어서 불렀단다."

영어 선생이 서류 봉투를 건넸다.

내용물을 확인하니 교장의 추천서였다.

"헉! 드디어 받으신 거예요?"

"교장 선생님 설득하느라 애 좀 먹었지만, 너희 반 담당
하는 선생님들이 다 같이 찾아가니 흔쾌히 써주시더구나."

방학 일주일 전.

최창수는 입학사정관제 때 교장 추천서가 있으면 좋다는

애기를 들었고, 바로 영어 선생에게 부탁을 했다.

최악에 경우 입학사정관제에서 불합격하더라도, 교장의 추천서가 있다면 교장 추천 전형으로 도전이 가능해진다. 그 조건으로는 모든 과목에서 2등급. 수능 성적이 최강대 합격기준에 미달되더라도, 위 조건만 달성하면 입학이 가능해진다.

하지만 최창수의 고공행진 성적에도 교장은 구자용 이외에 학생에게는 써줄 생각이 없다며 완고한 태도를 고집했다.

영어 선생은 비장의 수로 최창수를 담당하는 선생들과 함께 교장실에 들이닥쳤다.

다들 요 근래 폭발적인 성장을 한 최창수를 좋게 봤기에 가능한 일이었다.

"내일부터 방학이지. 수시 원서는 9월 달부터 제출하니 방학 동안 기회가 된다면 면접 때 도움이 될 만한 경험을 한 번 해보려무나. 그렇다고 너무 부담가지지 마렴. 넌 충분히 잘 하고 있으니."

"네, 감사합니다."

최창수가 고개를 꾸벅 숙였다.

영어 선생과 만나 남들로부터 인정받았을 때의 기쁨을 알게 됐다.

초등학교 때부터 이어진 학창생활.

수많은 선생 중에서 가장 믿음이 갔다.

・・・◆・・・

드디어 여름방학이 왔다.

비록 수험생 신분이라서 방학이라 해봤자 입시준비에 힘써야 하지만, 하루 이틀은 숨통을 돌릴 수 있는 소중한 시기였다.

도서관 제1열람실.

방학인 탓인지 이른 시간인데도 만석이었다.

개중에는 같은 학교 학생도 간혹 보였다.

'조금 쉴까.'

12시쯤 되자 배가 출출해졌다.

도서관이 문을 열기가 무섭게 고정석에 앉아 4시간 동안 화장실도 안 가고 공부만 했다.

이제 슬슬 공부하느라 미뤄둔 문제를 해결해야 할 때였다.

화장실을 갔다 온 최창수는 바로 매점으로 향했다.

천 원짜리 김밥 한 줄을 사고, 바로 자판기에서 음료수를 뽑았다.

더르르르컹!

요란한 소리와 함께 음료수가 떨어졌다.

'크, 이거는 언제 봐도 기분 좋다니까.'

열 캔의 음료수를 갖고 자리에 앉았다.

운수 대통령이 생긴 뒤로.

행운조건을 하나만 충족해도 이런 행운은 당연하다 시피 찾아왔다. 덕분에 예전에는 편의점에서 1+1 음료수를 샀지만, 이제는 자판기에서 가장 비싼 음료수를 고르게 됐다.

'오늘도 김밥이 튼실하네.'

구매한 김밥은 분명히 천 원짜리 일반 김밥이었다.

"꺼억, 배부르다."

부른 배를 쓰다듬으면서 쓰레기를 버렸다.

이대로 다시 공부를 시작하면 식곤증이 찾아올 터!

최창수는 세수를 한 번 하고, 10분 정도 산책이나 하기로 했다.

"어, 창수야!"

도서관에서 나와 근처를 배회하고 있자 저 멀리서 익숙한 목소리가 들려왔다.

친구들이었다.

그것도 단순한 친구가 아닌, 운수 대통령을 손에 얻을 계기랄 마련해준 친구들.

하마터면 원수가 될 뻔 한 그들, 지금은 둘 도 없는 친구가 됐다.

"우리 학원 가기 전에 노래방이나 가려고. 같이 갈래?"

"노래방?"

2학년 때까지만 해도 노래방을 즐겨 찾던 최창수는 깊은 고민에 빠졌다. 시간과 돈이 허락하면 혼자서 코인 노래방에도 자주 갔으니까.

"미안하다. 도서관에 참고서 다 두고 왔거든."

"가져오면 되지."

"최강대 갈 놈이 놀 시간이 어디 있냐~. 나 합격하면 그때 놀자."

"이야, 너 진짜 최강대 가려고?"

"창수 엄청 많이 변했다. 3학년 때 부랴부랴 공부하기 시작할 때는 발악한다고 놀렸었는데, 이제 보니 허세가 아니었네."

"그러니까. 저번에는 구자용도 확실하게 눌렀잖아."

구자용.

그 이름이 나오자 저도 모르게 인상이 찌푸려졌다.

"평소에도 공부 잘해서 선생님들 사랑 독차지 한다고 잘난 척 해서 싫었는데. 창수 네 덕분에 속이 다 시원해진 거있지?"

"그러냐."

"걔 고대에서 최강대로 지망 바꿨다던데. 우리가 응원하니까 무조건 붙어라! 도중에라도 생각이 바뀌면 연락해!"

친구들이 손을 흔들며 저 멀리 사라졌다.

'누가 응원해주니 기분 좋네.'

입가에 미소를 머금고 다시 열람실로 돌아갔다. 잠도 다 깼으니 이제 다시 배가 출출해질 때까지 공부만 하면 된다.

'구자용, 그 녀석도 지금쯤 공부 중이겠지?'

전부 동그라미가 그려져 있는 문제집을 보며 그를 떠올렸다.

자신에게 속마음을 전부 털어놓은 뒤.

구자용은 자신으로부터 거리를 두기 시작했다. 매일 듣던 비아냥도 사라졌고, 눈이 마주치면 아예 무시하고 지나가 참고서를 펼 뿐이었다.

'질 거라는 생각은 안 한다. 하지만, 이길 거면 확실하게 이겨야지.'

구자용이 한 시간을 공부한다면 자신은 두 시간.

두 시간을 공부한다면 자신은 세 시간을 공부한다는 각오로 참고서와 씨름했다.

도서관을 나온 건 치킨 시켜놨으니까 이제 그만 돌아오라는 어머니의 연락이 온 뒤였다.

'캬, 아들이 열심히 공부한다고 치킨도 시켜주시네.'

대한민국 국민이라면 누구나 좋아하는 치킨!

비록 미성년자라서 치맥이 아닌, 치콜을 하고 있지만 치킨이 맛있다는 사실은 부정할 수 없다.

"음?"

집까지 십 분 남았을 때.

최창수의 발걸음이 멈췄다.

바로 앞에는 개인이 운영하는 카페가 있었다. 노브랜드 치고는 상당한 규모였는데 손님은 썩 많은 편이 아니었다.

카페 정문에 놓인 화이트보드에는 주 3회 영어 과외 교사를 구한다고 적혀 있었다.

'그러고 보니 면접 때 어필할 게 있으면 좋다고 했지?'

한 번 해볼까?

그런 생각을 하면서 시선을 아래로 옮겼다. 그리고 두 눈이 휘둥그레졌다.

'무, 무슨 급여가 저래?!'

일주일에 총 세 번, 하루에 세 시간 과외.

급여는 무려 70만원!

'하자!'

대학에 진학한다고 바로 세계여행을 갈 수 있는 건 아니다.

우선 보여주기 식으로 1학기는 다녀야 한다. 그 뒤에는 휴학을 하고, 남은 반 년 동안 죽었다 생각하고 공사판을 전전하며 세계여행의 목돈을 모을 예정이었다.

만약 과외로 돈만 번다면 그 시간을 단축하건, 아니면 좀 더 풍족한 생활이 가능해진다.

지원자는 카페로 들어오라 해서 바로 발걸음을 옮겼다.

카운터에는 아르바이트생이 아닌, 40대 초반으로 추정되는 아주머니가 독서 중이었다.

"저기요."

"네, 주문하시겠어요?"

"주문이 아니라 영어 과외 교사 필요하시죠? 지원하려고 하는데요."

"음…… 실례지만 학교가 어디죠?"

"고등학생인데, 지금 최강대를 목표로 입시준비중이에요. 자녀분이 몇 살이죠? 제 또래까지는 가르칠 수 있는데."

고등학생이라는 말에 카페 주인이 인상을 찌푸렸다.

제 아무리 명문대학교 학생이라도 교단에 서 본 경험이 없다면 학생을 제대로 가르치지 못한다.

시간 대비 가격이 비싼 만큼, 확실하면서도 효율적으로 공부를 가르쳐야 하거늘.

일개 고등학생이 그 역할을 맡겠다고 하니 어이가 없었다.

"미안하지만 고등학생은 안 받아요."

현재 모집 중인 공고문도 세 번째였다.

첫 번째 교사도 두 번째 교사도 대학교랑 영어 성적만 좋았지, 가르치는 건 혀를 내두를 정도로 형편없었다.

"우리 애 내년에 특목고 입학할 애예요."

"그럼 더더욱 저처럼 수준급의 교사가 필요하겠네요."

"이봐요, 학생."

"I climbed make nonsense grades in high school third grade, and now accepts the recommendation of the principal is preparing a strongest National University Admissions. If you hire me you will not regret never ever. (저는 고등학교 3학년 때 성적이 말도

안 되게 상승했고, 교장선생님의 추천서를 받아 최강대 입학을 준비 중입니다. 저를 고용하시면 절대로 후회하지 않을 겁니다.)"

도중에 말을 끊은 최창수가 유창한 영어 실력을 선보였다. 그리고 가방을 뒤졌다.

그곳에서 나온 건 오늘 끝낸 영어 참고서.

그리고 고등학교 성적표와 교장의 최강대 추천서였다.

"참고서보면 한 문제도 틀린 게 없을 거예요. 이건 제 성적표인데 1학년 2학년 때는 심각하지만, 3학년 때부터 고공행진 하는 게 보일 거고요. 이건 보시는 대로 최강대 추천서요. 어지간한 학생은 못 받는 거 아시죠?"

카페 주인은 그 모든 걸 확인했다.

당장 이것만 보면 대단히 훌륭한 학생 같았다.

"그래도 부족하다면 1주일만 고용해보세요. 1주일 안에 자녀 분 성적을 확실하게 못 끌어올리면 돈 안 받고 관둘게요."

"가르치긴 했으니까 급여 달라 해도 못 드려요."

"당연하죠."

"좋아요. 그럼 우선 연락처 남겨주고 가면 내일 연락드릴게요."

최창수는 바로 연락처를 남겨두고 카페에서 나왔다.

'안 될 리가 없지.'

외국인과도 활발한 소통을 한 자신이다.

모의고사 때는 영어영역에서 고작 한 문제 틀렸고.

비록 남을 가르친 경험은 없지만 자신의 공부 방식을 고스란히 전수하면 어떻게든 되겠지 싶었다.

· · · ◈ · · ·

다음 날.

도서관에서 한창 공부를 하고 있자 카페 주인으로부터 연락이 왔다.

택시비 줄 테니까 문자로 보낸 주소로 오라는 것.

때가 왔구나 싶어서 바로 밖으로 나가 택시를 잡았다.

이윽고 도착한 목적지.

"헐……."

최창수는 입을 다물지 못했다.

전세로 구매한 자신의 아파트하고는 비교도 안 되는 큰 규모의 단독주택이 그를 맞이했다. 골든 레트리버가 뛰어다니는 넓은 마당까지…….

주변을 둘러보니 거의 대부분의 집에서 부자의 향기가 흘러나왔다.

'부자 동네였구나.'

그제야 노브랜드로 큰 규모의 카페를 차려, 직접 사장까지 하고 있는지 알게 됐다.

돈은 충분할 만큼 있으니, 자신의 여가생활을 만끽하는

것이리라.

"들어와요."

1만원이 넘는 택시비를 아무렇지도 않게 대신 낸 카페주
인이 대문을 열었다.

"우왓!"

대문을 넘기가 무섭게 골든 레트리버가 최창수에게 달려
들었다. 뒤로 꽈당 넘어진 최창수는 얼굴이 침 범벅이 되는
불쾌함을 느껴야 했다.

"복순아!"

멍!

카페 주인이 이름을 부르자 골든 레트리버가 바로 다른
곳으로 달아났다.

"어휴, 우리 애가 워낙 사람을 좋아해서."

"하하…… 괜찮습니다."

우선은 손으로 침을 박박 닦으며 집 안에 들어갔다.

드라마에서나 볼법한 풍경!

외관 못지않게 내부도 화려했다.

'와, 이렇게 살려면 대체 얼마를 벌어야 하지?'

어지간한 수준으로는 안 될 듯싶었다.

실내용 슬리퍼를 신고 안으로 들어갔다. 그리고 거실 탁
자가 시야에 들어왔다.

한 잔의 음료수.

바로 옆에 놓인 문제지…….

'방금 전까지 자식이 공부라도 했나?'

그런 것치고는 집이 묘하게 조용하다.

"저기, 제가 가르칠 자녀분은 어디 있죠?"

"그전에 간단한 테스트를 거치도록 할게요."

테스트?

고개를 갸웃거리니 카페 주인이 탁자를 가리켰다.

"생각해 보니 어제 그 참고서랑 서류들. 마음만 먹으면 조작 가능한 것들이었어요."

"……조작요?"

얼토당토않은 얘기라서 헛웃음도 안 나왔다.

"며칠 전부터 공고문을 보고 치밀하게 준비했을 수도 있잖아요?"

"제가 뭐 하러 그런 수고를 들이죠?"

"어제 여사의 모임에서 들어보니 우선은 무급으로 고용해 달라 말해놓고서는 짤리면 경찰까지 불러서 수업료를 요구한다 하더군요."

"전 안 그래요……."

"설령 아니더라도 특목고 입시문제로 바쁜 우리 딸이 1주일이나 시간을 헛되이 낭비하는 건 보고 싶지 않네요. 그래서 테스트를 준비한 겁니다. 1시간을 드릴 테니까 한 문제의 오답도 없이 시험지를 푸세요. 통과하면 정식으로 고용해드리죠."

"하아…… 그럼 그렇게 하죠."

최창수가 탁자에 앉아 볼펜을 쥐었다.

'진짜 돈 벌기 힘드네. 이런 짓까지 해야 하나.'

하지만 이 노력은 전부 세계여행을 위해서 필요했다.

최창수는 음료수를 한 모금 마시고 바로 문제를 풀었다.

그 모습을 바라보면서 카페 주인은 입 꼬리를 올렸다.

'어디 한 번 잘 풀어보라지.'

원래는 아예 연락조차 안 할 생각이었다. 다시 최창수가 찾아오면 그때는 다른 사람을 구했다 하려 했고.

하지만 구태여 최창수를 부른 이유는 어른을 속이려고 들었다고 멋대로 판단해, 못된 성격을 고쳐주기 위함이었다.

'아는 사모님 남편 분이 대학원 영어영문학과 교수시지. 대학원생도 어렵다던 문제만 골라 받았으니, 풀 수 있을 리가 있나.'

그때였다.

"다 풀었는데요."

불과 30분 만에 일어난 일이었다.

· · · ◈ · · ·

"다, 다 풀었다고요?"

말도 안 되는 소리였다.

'보, 보나 마나 찍었겠지. 대학원생도 1시간은 넘게 걸린다고 했는데.'

그게 아니고서야 이 상황을 논리적으로 설명하기 힘들다.

카페 주인은 바로 방에서 답안지를 가져왔다.

그리고 하나 하나 신중하게 답을 체크했다. 실수로 오답을 정답이라 체크하지 않도록. 그러다 보니 최창수가 문제를 푼 시간보다 더 오래 걸렸다.

"어쩜 이런 일이……."

빗줄기 하나 없는 문제지.

완벽 그 자체였다.

"선생님!"

카페 주인이 활짝 웃으며 최창수의 두 손을 잡았다.

"저희 딸내미! 앞으로 잘 부탁드려요!"

"만점이었나 보죠?"

"아직도 믿기지 않지만 그러네요. 어떻게 고등학생이 이렇게나 천재적일 수가 있죠? 영어뿐 아니라 다른 과목도 부탁드릴 수 없을까요?"

"음…… 제가 입시준비 하느라 바빠서 당장은 못하고요. 천천히 생각해볼게요."

"아이고, 나도 참 주책이야. 알겠어요. 바로 딸내미보고 돌아오라 연락할게요."

콧노래를 부르면서 카페 주인이 휴대폰을 갖고 마당으로

나갔다.

이윽고 돌아오는 호통소리!

'자식 문제로 속 썩고 있나보네.'

한숨을 내쉬며 음료수 잔을 마저 비웠다.

'얼떨결에 포인트를 써버렸어.'

최창수는 운수 대통령을 확인했다.

모의고사로 얻은 잔여 인생 포인트 두 개가 남아있지 않다.

'대학원생이 괜히 대학원생이 아니었어. 그렇게 어려울 줄은 몰랐네.'

문제지를 받는 순간.

재빠르게 전체적인 난이도를 확인했다.

자신의 능력으로 해결할 수 있는 게 절반.

안 되는 게 절반이었다.

사실 고등학교 3학년이 그 문제를 절반이나 풀 수 있다는 것도 대단한 거였다.

하지만 최창수는 포기하지 않았다.

단순히 돈 때문에?

아니.

예전부터 한 번이라도 좋으니 남을 가르쳐보고 싶었기 때문이다.

그래서 인생 포인트로 2단계 영어 책을 구매했다.

〈2단계 영어 책을 사용했어요.〉

〈습득한 영어 실력 : 토익 900점의 영어실력 / 전문적인 용어로 회화가능〉

또 다시 상승한 영어 실력!

손해 보는 것도 아니었기에 후회 따위는 없었다.

소박하지만 꿈도 이룰 수 있게 됐고.

"딸내미 30분 안에 온대요. 앉아서 편히 쉬고 계세요. 음료수 더 드실래요?"

"아, 주시면 먹을게요."

"자, 여기요. 그나저나 우리 선생님은 어릴 적부터 어떤 수업을 받으셨기에 머리가 그렇게 좋으세요?"

자신을 사기꾼 취급했던 카페 주인.

이제는 완전히 최창수를 존경스러운 눈빛으로 바라보고 있었다.

"혹시 족집게 과외라도 받으시나요? 아님 고액 학원이라도?"

"아뇨. 그럴 형편이 안 돼서요. 그냥 참고서 위주로만 공부하고 있어요."

"정말요? 아유, 이제 보니 타고난 선생님이셨네. 저희 애는 학원을 세 개나 다니는데 어째 돈값을 못하고 있어서 말이죠. 저번에도······."

누가 동네 아주머니 아니랄까봐 카페 주인은 쉴 새 없이 입을 놀렸다.

30분 정도 이어졌을까.

이제 슬슬 정신적으로 지치기 시작했다.

하나부터 열까지 전부 자식얘기.

그마저도 자식을 칭찬하는 얘기가 아니라, 고액 학원을 다니면서도 성적이 좀처럼 오르지 않는 자식을 한탄하는 얘기뿐이었다.

잠시 후.

"엄마~"

현관문이 열리면서 앳된 목소리가 들려왔다.

근처 나래여중학교의 교복을 입고 있는 중학생이 모습을 드러냈다.

목까지 닿는 단발에 리본 모양의 머리띠가 생김새랑 어울렸지만, 귓불을 차지한 커다란 귀걸이가 조금 부자연스러웠다.

"누구야?"

"새로 오신 과외 선생님이셔!"

"뭐?! 아, 필요 없다고 했잖아! 얼마나 더 늘릴 셈인데!"

"애도 참! 나중에 성공하려면 반드시 특목고가서 좋은 대학가야 한다고 엄마가 몇 번을 말했어! 진짜 훌륭한 분이니까 열심히 배워 봐! 너한테 한 달에 들어가는 돈이 얼마인지 알아?!"

"아, 진짜! 오기만 하면 그놈의 잔소리! 짜증나!"

여학생이 소리를 빼액 지르며 방문을 쾅 닫고 들어갔다.

졸지에 모녀 싸움을 구경하게 된 최창수는 어안이 벙벙했다.

"아유, 죄송해요 선생님. 저희 애가 요즘 사춘기라서."

"하하……."

"음료수 두 잔 드릴 테니까, 딸내미랑 같이 마시세요."

최창수는 음료수 두 잔을 갖고 바로 여학생의 방에 들어갔다.

들어가자마자 보이는 핑크빛 방.

여중생의 방다웠다.

"이름이 뭐니?"

아까 전 상황을 보니 바로 과외를 시작해서는 안 될 거 같았다.

최창수는 친근하게 다가가기로 했다.

"이소영이요."

"그렇구나. 난 최창수다. 교복을 보니 나래여중에 다니나 봐? 좋은 곳이라 들었는데."

"부모님이 멋대로 넣었을 뿐이에요."

"흠, 확실히 학구열이 심하긴 하더라."

"그쵸?!"

방금 전까지 뾰루퉁한 얼굴로 방 거울만 바라보던 이소영.

자신의 동료가 생기자 바로 인상을 풀었다.

그 뒤로 이어지는 이소영의 하소연……

자기는 패션이 좋은데, 부모님은 자꾸만 공무원 아니면 사 짜 붙은 직업으로 나아가라고 강요 중이라고 한다.

"솔직히 훌륭한 패션 아티스트가 되려면 국수사과 다 필요 없잖아요! 패션적 감각만 있으면 되는 거 아니에요?"

"음."

대답을 고르기로 했다.

이소영의 말은 맞는 부분도 있지만 틀린 부분도 분명히 존재한다.

하지만 지금은 그 점을 지적해서는 안 될 듯 싶었다.

"네 말이 다 맞지. 그래도 부모님이 비싼 돈 들여서 날 고용한거니까, 어느 정도 성과는 보여 보자."

"흥……."

"네 부모님이 바라는 건 확실하게 좋은 성적이잖아? 지금까지와는 다른 모습을 보여주고 네 진심을 전하면 부모님도 귀를 기울이실 거야."

"정말 그럴까요……."

"안 되면 나도 도와줄게. 그러니까 자 공부하자."

최창수는 가방에서 참고서와 A4 용지를 꺼냈다.

오늘 과외를 대비해서 아침 일찍 서점에 들려 특목고 수준에 어울리는 참고서를 두 권 구매하고, 새벽에 직접 시험지를 만들어도 봤다.

'한 두 푼도 아닌데, 돈 값은 해야지.'

맡은 일에 최선을 다하는 남자.

최창수였다.

"결국은 또 공부네."

이소영이 입을 쭈욱 내밀었다.

하지만 최창수의 설득이 효과는 있었는지 비교적 성실하게 수업에 참여했다.

하지만 성실할 뿐.

수업에 전혀 따라오지 못했다.

"선생님, 전혀 모르겠는데요."

"어려워?"

"네."

"흐음……."

특목고 준비생이라 해서 중학생 수준을 벗어났을 거라 생각했다. 그래서 준비한 게 이건데.

"뭘 모르겠는지 말해 봐."

"모르는 단어가 너무 많아요. 문법은 좀 알겠는데……."

"흠. 모르는 단어 전부 가리켜 봐."

"이거랑 이거요. 또 이것도."

최창수는 이소영이 가리킨 단어를 확인했다.

그다지 어려운 단어는 아니었지만, 생소하게 느껴질 수 있는 단어이기는 했다.

단어 뜻을 알려준 다음, 문장을 읽고 번역해보라고 했다.

"떨어트린 잉크 얼룩이 점점 짙어졌다. 그때 잉크 얼룩이 불길처럼 치솟아 올라 종이를 모조리 태워버렸다?"

"그 다음."

최창수는 계속해서 문장 번역을 시켰다.

제법 센스가 있는지, 단어 뜻만 알려주면 완벽하게 번역을 해냈다.

하지만 모르는 단어가 나오거나, 어려운 문법이 등장하면 바로 실수를 저질렀다.

"흠, 혹시 학원에서 쓰는 영어교재 있냐?"

"이거에요."

최창수는 영어 교재를 한 번 훑어봤다.

자신에게는 하나 같이 쉽게 느껴지는 문제.

하지만 빗줄기가 잔뜩 그어져 있었다.

"이 문제는 왜 틀렸다고 생각하냐?"

"어려워서요."

"이 문제는 왜 맞았을까?"

"쉬웠거든요. 전부 아는 단어였어요."

"음, 그래. 네 문제가 뭔지 알겠다. 30분만 쉬고 있어봐."

갑작스런 30분의 휴식.

가뜩이나 수업 시간도 2시간 밖에 안 되건만.

하지만 공부하기 싫은 중학생이 휴식을 거부할 리가 없다.

이소영은 며칠 전에 구입한 패션잡지를 펼쳤다.

아름답고 귀여운 옷을 입은 모델들!

자신도 언젠간 이런 옷을 디자인하고 싶었다.

'뭐하는 거지?'

패션 잡지를 절반 쯤 읽었을 때, 문득 최창수를 바라보게 됐다.

자신의 영어 교재.

그리고 오늘 가져온 교재를 계속 확인하면서 A4용지에 뭔가를 빠르게 적어 내려가고 있다.

'나쁜 사람 같지는 않은데.'

지금까지 만났던 두 명의 과외 선생이 떠올랐다.

자신의 집이 부유하다는 걸 알고는 공부 대신 자기 자랑만 늘어놓으면서 내년에 고등학생이 되는 이소영에게 꼬리를 쳤던 그들.

짜증은 났지만 공부보다 휴식이 더 길어서 너는 떠들어라 나는 무시하겠다는 태도를 일관했다.

하지만 최창수는 아니었다.

아직 첫 날이라서 정확한 판단은 서지 않지만, 엄마와의 싸움 때문에 상한 자신의 기분을 풀어주려는 게 눈에 보였고.

딴 길로 새지 않고 수업도 제대로 진행했다.

"됐다."

약속한 30분이 딱 지나자, 최창수가 고개를 들었다. 뻣뻣해진 고개를 몇 바퀴 빙빙 돌리며 그가 이소영에게 A4용지 세 장을 건넸다.

"네가 틀린 문제에 적힌 단어랑 모를 거 같은 단어 전부 적어뒀어. 수업은 매주 월수금이지? 금요일 날 확인할 테니까 전부 외워둬."

"이 많은 걸요?!"

얼핏 봐도 300단어는 넘었다.

"무리에요……."

"하기도 전에 무리라고 생각하지 마."

"그래도……."

"금요일 날 확인했는데, 250개 이상 정답이면 어머님에게 도서관 데리고 간다 말하고 노래방 데려갈게."

"못 가는 거나 마찬가지잖아요……."

"음. 벌써부터 포기해서 어쩌려고? 훌륭한 패션 아티스트가 되려면 이보다 더 많은 걸 공부해야할 텐데, 그때도 안 되겠다 싶으면 포기할 거야?"

"……!"

갑작스런 도발!

이소영의 눈빛이 날카로워졌다.

"좋아하는 일은 포기 안 해요."

"글쎄, 어떨까? 벌써부터 포기하는 습관이 들어있으면 나중에도 똑같은 텐데."

"으으…… 좋아요! 이틀 안에 다 외우면 되죠? 무조건 외울 테니까 약속 꼭 지켜요! 무시해서 미안하다고 사과도 하시고요!"

"물론이지. 자, 아직 한 시간 남았으니까 마저 하자."

도발이 통했던 걸까.

이소영이 학구열로 가득한 얼굴이 되어 책상 앞에 앉았다.

잠시 후.

드디어 수업이 끝났다.

'가르치는 것도 은근히 힘드네.'

선생 역할 자체는 재밌었지만 학생 수준에 맞춰 수업을 하려니 가끔 헤매는 부분이 있었다.

'선생도 쉬운 일이 아니구나.'

잠깐 쉬고 싶었지만, 바로 도서관으로 달려가야 한다.

최창수는 카페 주인에게 인사를 하고 밖으로 나왔다.

"호호, 조심히 들어가세요. 선생님."

"네. 수고하세요."

"아, 그런데 저희 애 어땠나요? 수업은 잘 따라갔나요?"

"소영이 머리가 좋더라고요. 너무 닦달하지 않아도 될 거 같아요."

"정말요? 호호, 하긴 누구 자식인데요!"

이대로 있으면 자식 자랑에 발목을 잡힌다!

최창수는 급하게 자리를 떴고, 버스 정류장에서 버스를 기다리고 있자 누군가가 자신의 등을 콕 찔렀다.

이소영이였다.

"너 왜 여기 있어?"

"학원가야 하니까요……."

그 말에 최창수는 충격 받았다.

달리는 버스 안.

최창수는 이소영과 어깨를 나란히 하고 서 있었다.

버스 안에는 학생이 상당수 됐는데, 하나 같이 학원가기 싫다는 얘기를 하는 중이다.

"그러고 보니 학원 세 곳 다닌다고 했지? 영어 말고 또 뭐 있어?"

"수학이랑 논술이요."

"안 힘드냐?"

"엄청 힘들어요~. 다 끝나고 집 오면 10시라니까요?"

"나랑 비슷한데."

"오빠 대학교는 몇 교시까지 있는데요?"

중학생다운 물음.

최창수는 저도 모르게 호쾌한 웃음을 터트리게 됐다.

"푸하하! 대학교는 직접 강의를 선택해서 듣는 거야. 하루에 두 강의일 때도 있고 더 넘을 때도 있어."

"아. 그, 그래요? 으으…… 모를 수도 있지……."

이소영이 고개를 푹 숙였다.

"그리고 나 대학생 아니야."

"네?!"

그녀가 고개를 화들짝 들었다.

놀라움이 가득한 표정이다.

"아직 고3이야."

"고3인데 과외를 한다고요? 선생님 뭐하는 사람이에요?"

"나?"

그 질문에 최창수가 씨익 웃었다.

"최강대 갈 사람."

송근태 현대 판타지 장편소설

다섯 번째 이야기
영어 말하기 대회

운수 대통령

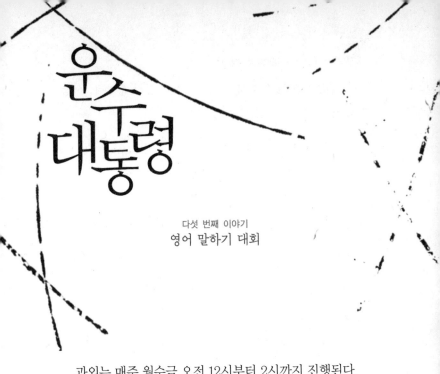

운수 대통령

영어 말하기 대회

과외는 매주 월수금 오전 12시부터 2시까지 진행된다.

'잘 외웠으려나.'

이소영과 약속한 금요일.

최창수는 도서관을 뒤로 가고 이소영의 집으로 향하는 버스가 오는 버스 정류장에 서 있었다.

그때 휴대폰이 진동했다.

'알림인가?'

요즘에는 휴대폰이 진동만 하면 운수 대통령인 거 같았다. 모의고사 뒤로 목표가 주어진 적이 없어 심심하던 참이었다.

"영어 선생님이네?"

자기소개서를 보여준 이후.

두 사람은 부쩍 친해져 연락처까지 교환하게 됐다. 선생
과 학생 사이에서는 드문 일이었다.

"창수야, 지금 뭐하고 있느냐?"

"지금 과외 하러 가는 길인데요."

"과외?"

"네. 수요일부터 영어 과외를 하게 됐거든요. 면접 때 도
움이 될 게 있으면 좋다고 말씀하셨잖아요."

"훌륭하구나. 그 과외는 몇 시부터지?"

"12시부터 시작하는데, 왜요?"

"으흠…… 역시, 요즘 바쁘다 보니 까맣게 잊은 모양이
었구나. 오늘 영어 말하기 대회지 않니."

"……네?"

엄청난 공부량에 묻힌 기억이 떠올랐다.

"으아아악! 어, 어떡하죠?!"

영어 말하기 대회가 있는 곳은 도보로 한 시간 가량 떨어
진 광수 고등학교 토론실이다.

12시에 시작을 하므로 지금 당장 버스를 타더라도 아슬
아슬하다.

게다가 지금 당장 과외도 해야 하건만!

하나는 확실하게 최강대 입학에 도움이 되는 것.

또 하나는 신용과 돈이 달린 문제.

어느 것도 포기할 수 없는 갈림길에 서게 됐다.

"너 지금 어디느냐?"

"저 중앙도서관 앞이요."

"우선은 선생님이 차 끌고 그쪽으로 갈 테니까, 과외 받은 학생 부모님에게 양해를 구해보렴."

알겠다 말하고 바로 전화를 끊었다. 그리고 카페 주인. 목요일 날 대뜸 연락해서 공부법을 물어보고, 자신은 이 여사라고 불러달라던 카페 주인에게 전화했다.

사정을 설명하자 이 여사가 기쁜 목소리로 물었다.

"어머! 지금부터 영어 말하기 대회를 나가신다고요?! 괜찮으면 딸내미랑 같이 구경하러 가도 될까요? 수업은 그걸로 대신 해도 좋아요!"

"정말요? 그럼 저야 좋죠."

합의를 한 최창수는 목적지를 알려줬다.

잠시 후.

저 멀리서 달려온 승용차 한 대가 최창수 앞에서 섰다.

"창수야, 선생님이다. 어서 타거라."

"으아, 진짜 감사합니다 선생님."

최창수가 보조석에 앉기가 무섭게 승용차가 도로를 누비기 시작했다.

"방학 뒤로 어떻게 생활하고 있느냐."

능숙한 운전솜씨를 뽐내며 영어 선생이 물었다.

제자의 근황이 궁금했던 것이리라.

"저야 뭐. 도서관 지박령 다 됐죠."

"과외는 이번 주부터 시작한 거냐?"

"네. 주 3회, 2시간 씩 하고 70만원 받아요."

"녀석, 정말 대단하다. 고등학생이 고액 과외도 하고 말이다."

저 멀리 광수 고등학교가 보이기 시작했다.

"그 영어 시간을 기점으로 예사롭지 않다고 생각은 했다만. 설마 이 정도일 줄은 몰랐구나. 자 , 내리거나."

"네."

두 사람은 함께 차에서 내렸다.

시간은 11시 55분!

곧장 토론실을 향해 달려갔고 다행히도 제 시간에 맞춰 도착할 수 있었다.

토론실이라고는 하지만 규모가 제법 컸다.

강당을 작게 축소한 느낌?

'역시 신설 고등학교는 뭔가 다르네.'

맞은편에 놓인 의자에는 이 학교 영어 교사, 그리고 다른 대학교에서 출장 온 교수도 있었다.

"혹시 최창수 학생?"

자기도 교단에 올라가면 되나 눈치를 보고 있자 30대 중반으로 보이는 이 학교의 여교사가 다가왔다.

"네?"

"최창수 학생 맞죠? 옆에 분은 누구시죠?"

"최창수 학생 담당 영어 교사입니다. 늦어서 죄송합니다."

"마침 연락하려고 했는데 딱 알맞게 오셨네요. 자, 최창수 학생. 이름표 부착하고 잠시 교무실에서 대기해줘요. 교무실은 나가면 바로 보일 거예요."

"네."

최창수는 이름표를 부착하고 바로 교무실로 향했다.

자신을 제외하고 일곱 명의 학생.

모두 오늘을 위해 열심히 준비한 참가자들이었다.

그 중, 유독 최창수의 시선을 사로잡는 학생이 한 명 존재했다.

"구자용……?"

환한 미소.

자신을 상대할 때에는 상상도 할 수 없는 표정으로 구자용이 참가자들에게 음료수를 나눠주고 있었다.

"최창수?"

눈이 마주치자 그가 당황했다.

"네가 왜 여기 있지?"

"나도 참가하니까. 설마 너도 참가 하냐?"

"흥, 보면 모르겠어? 네가 참가하는 줄 알았으면 학원까지 빼먹고 오는 게 아니었는데."

그렇게 말하며 구자용이 음료수 한 캔을 최창수를 향해 굴렸다.

"마시지 그래?"

발치 앞에서 멈춘 음료수.

명백히 자신을 무시하는 행위.

"참가자 주려고 가져왔으니까, 거절하지 말라고?"

비웃음 섞인 얼굴로 구자용이 말했다.

그 모습에 헛웃음 지으며 최창수가 음료수를 주웠다.

탄산음료.

그걸 마구 흔들며 물었다.

"이번에도 설사약 탔냐? 실력으로 못 이길 거 같아서 또 편법 쓰게?"

"뭐…!"

"인생 깨끗하게 살자, 친구야."

퓌식!

최창수가 구자용의 얼굴을 향해 음료수 뚜껑을 땄다. 탄산이 거칠게 구자용의 얼굴을 뒤덮었다.

"윽! 뭐, 뭐하는 짓이야?!"

물에 빠진 듯 두 손을 허우적거리며 구자용이 뒤로 물러났다.

"받은 대로 돌려준 거뿐인데? 왜 너는 나 무시해도 되고, 나는 너 무시하면 안 되냐?"

"최창수 이 새끼가!"

"왜 덤비려고?"

최창수가 남은 음료를 털어냈다. 그리고 착실하게 쓰레기통에 빈 캔을 버리고 구자용을 바라봤다.

"싸워서 나 이길 수 있냐?"

"······!"

명백한 도발.

하지만 사실인 그 도발에 구자용은 입을 다물 수밖에 없었다.

유치원생 때부터 오로지 공부만한 자신.

체육 이론은 빠삭해도 실전은 꼴찌나 다름없다.

"이길 수 있으면 덤비고."

"너······ 나중에 큰 코 다칠 줄 알아라······!"

"내 코가 작아서 다칠 일은 없겠네. 싸움도 나한테 지고, 공부도 나한테 질 예정인 너한테는 특히나."

"뭐라고?! 근데 이 새끼가!"

더 이상 참지 못한 구자용이 최창수에게 달려들었다.

얼굴을 향한 그의 주먹!

최창수는 옆으로 이동해 주먹이 애꿏은 허공만 가르게 만들었다.

"컥!"

빈틈을 타서 최창수가 구자용의 뒷목을 붙잡고 두 발을 걸어찼다. 허공에 붕 뜬 구자용은 그대로 바닥에 쿵 떨어지고 말았다.

"꺼억······."

강렬한 충격!

폐가 쪼그라들어 호흡이 힘들어졌다.

"잘 들어, 구자용."

최창수가 구자용의 목덜미를 붙잡아 확 끌어당겼다.

당장이라도 자신을 잡아먹을 듯한 맹수의 표정!

구자용은 오금이 저렸다.

"언제까지 너한테 당하고만 살 거라고 생각하지 마. 그동안 네가 내 머리 위에 있었다면, 앞으로는 내가 네 머리 위에 있을 거니까."

거칠게 구자용을 내팽개쳤다.

그리고 교무실에 있는 휴지를 잔뜩 뜯어, 음료수를 맞은 학생들에게 미안하다 말하며 휴지를 건넸다.

갑작스러운 상황에 어안이 벙벙한 그들은 괜찮다고 말할 수밖에 없었다.

잠시 열을 식히기 위해서 최창수는 아직까지 바닥에 드러누워 있는 구자용을 지나쳐 복도로 나갔다.

그리고 이소영과 마주쳤다.

"소영이 너, 왜 여기 있어?"

"참가자들은 교무실에서 대기한다기에…… 선생님 보러 왔는데……."

그녀의 시선이 구자용을 향했다.

"선생님 왜 싸웠어요?"

"봤냐. 음…… 악연이거든, 너무 신경 쓰지 마. 그보다 수업 빼먹은 거 미안해서 어쩌냐. 오늘 단어 테스트 날이었는데."

"괜찮아요!"

"되게 신나 보이네……. 설마 하나도 안 외운 건 아니지?"

"아, 아니거든요! 외우긴 했거든요."

"흐음. 일찍 끝나면 늦어도 수업은 할 거니까 방심하지 마."

"괘, 괜찮아요! 완벽하니까!"

이소영이 가슴을 쭈욱 내밀었다.

중학생다운 가슴.

작지만 자신감은 넘쳐보였다.

· · · ◆ · · ·

드디어 영어 말하기 대회가 시작됐다.

참가자는 교단에 서서 나눠준 영문 소설을 완벽하게 읽고, 심사위원과 자연스러운 회화를 하도록 되어 있다.

한 사람 당 주어진 시간은 10분.

총 80분 동안 진행되고, 남은 20분 동안 등수를 매긴다.

'다들 긴장했네.'

긴장한 기력이 역력한 참가자 사이에서 멀쩡한 건 최창수, 그리고 구자용뿐이었다.

대회 자체는 스피드하게 진행됐다.

하지만 빠르기만 할 뿐.

실수하는 학생도 많았고, 나쁘지는 않지만 뛰어나지 않은 학생도 제법 있었다.

"다음, 최창수 학생."

"네."

최창수가 교단 정중앙에 섰다.

시작해도 좋다는 심사위원의 눈빛.

최창수는 자신이 읽어야 할 영문 소설을 확인했다.

어린 왕자 한 장과 반지의 제왕 한 장.

보통 학생이라면 두 번째 소설에서 상당히 헤매게 될 것이다.

'쉽네.'

최창수는 혀에 기름칠이라도 한 듯 확실한 발음으로 한 문장도 틀림없이 소설을 읽기 시작했다.

그러자 적당히 하고 돌아가자는 인상이 강했던 심사위원들의 태도가 바뀌었다.

꾸부정한 허리를 펴고 제대로 귀를 기울여 최창수의 실력을 감상하기 시작한 것!

그 뒤에 있는 영어 회화도 최창수에게는 난이도가 너무 낮았다.

'적당히 해도 1등은 하겠네.'

대회라는 이름이 무색할 정도로 쉬웠다.

"마지막. 구자용 학생."

원수에 이름이 나오자 최창수는 늘어지게 나오던 하품을

급하게 없앴다.

'구경이나 해볼까?'

저번 영어 시간을 떠올렸다.

회화 시간 때 꿀 먹은 벙어리가 된 구자용.

자신이 했던 도발 때문에라도 분명히 피땀 나는 노력을 했을 게 분명하다.

실제로 구자용은 최창수보다는 못하지만 다른 참가자보다는 월등히 뛰어난 실력을 선보였다.

'……제법 노력했네.'

성격만 제외하면 자신 못지않은 노력파인 구자용.

어쩌면 좋은 친구가 됐을지도 모른다는 생각이 불현듯 스쳐지나갔다.

구자용을 마지막으로 대회가 끝났다.

시상식이 바로 있으므로 참가자들은 잠시 교무실에서 대기하기로 했다.

"음, 예상외의 학생이 있더군."

심사위원들이 제각기 다른 평가서를 책상에 모았다.

"최창수 학생이었죠?"

"성적만 보면 뛰어나던 학생들이 별 거 없는 거 보고는 시간낭비라 생각했는데, 그 학생을 보니 오길 잘했다고 느껴지더군요."

"구자용 학생도 괜찮지 않았나요?"

"괜찮았지만 최창수 학생 레벨에는 한참 못 미치더군."

"해외에서 살고 온 거 같지는 않은데, 어떻게 그런 영어 실력을 선보일 수 있던 거죠?"

"나도 궁금하네. 예사롭지 않은 학생인 건 분명해."

"그럼 1등은 최창수 학생, 2등은 구자용 학생으로 할까요? 3등은 그나마 괜찮았던 학생 주고요."

"그렇게 하지."

심사결과는 만장일치로 진행됐다.

그때.

"잠깐."

근엄함의 화신처럼 생긴 심사위원.

이 대회에 주관자이자 최강 대학원 영어 영문학과 교수이자, 심사위원 중 가장 권위적인 서형문이 말했다.

"구자용 학생 말이네. 이 학생을 1등으로 하지."

· · · ◈ · · ·

적막한 복도.

최창수는 이 여사 때문에 대회가 끝났는데도 쉬지 못하게 됐다.

"선생님! 영어 성적만 좋으신 줄 알았는데 회화도 수준급이시네요?! 외모만 아니었으면 외국인이라 착각할 뻔 했다니까요?"

"하하……."

"우리 소영이 회화 수업도 같이 받을 수 없을까요? 과외비는 더 드릴게요."

"음, 수능이 끝나고 생각해볼게요. 또 소영이한테 당장 회화가 필요하다고는 생각되지 않네요."

"무슨 소리세요. 우리 소영이, 나중에 면접에서 영어로만 대화하면 무조건 붙을 거 아니에요! 전부 그때를 대비한 일이죠, 그렇지 소영아?"

이 여사가 이소영을 바라봤다.

적당히 좀 하라는 표정.

최창수는 사족을 붙인 걸 후회했다.

"창수야, 아주 잘했다. 실력이 더 늘었더구나."

모녀 싸움에 끼어들기 싫어 조금 떨어지자 영어 선생이 다가왔다.

"계속 노력했으니까요. 그나저나 선생님, 구자용도 나온다고 왜 말씀 안 해주셨어요?"

"자용이 말이니? 너희 둘 사이가 좋아서 당연히 아는 줄 알았다만."

"사이가 좋다뇨……."

"아니었나 보구나. 음, 그나저나 자용이도 실력이 많이 좋아졌더구나. 저번 수업 때 얌전히 있어서 조금 실망했는데 말이지."

"그래봤자죠."

최창수의 시선이 복도 끝으로 향했다.

창문 난간에 앉아서 작은 메모장을 보고 있는 구자용.

이 시간도 허투루 쓰지 않고 공부하는 중이었다.

"……소영아. 이리 와."

"네? 갑자기 왜요?"

"심사결과 나오려면 아직 더 기다려야 하는 거 같으니까, 그 사이에 단어 테스트보자."

"어머! 선생님, 저도 지켜봐도 될까요?"

"여, 여사님은 잠시 쉬고 계시겠어요? 소영이가 긴장하면 안 되니까요."

한 단어 틀릴 때마다 옆에서 닦달할 이 여사가 그려졌다.

최창수는 이소영을 데리고 빈 교실에 들어갔다.

"정확히 350단어였어. 빈종이 여기 있으니까 떠오르는 거 전부 적어 봐."

"네."

이소영이 바로 펜을 붙잡고 빈종이를 채워나가기 시작했다.

엄청난 속도로 적히는 영단어!

하지만 60단어를 넘기면서부터 그 속도가 급격히 하락했다.

'아는 거 먼저 다 적었나 보네.'

이소영은 인상을 찌푸리고 두 눈을 감은 채 영단어를 떠올리는 중이었다. 아무것도 안 떠오르면 한숨을 쉬고, 떠오르면 두 눈을 번쩍이며 다시 종이를 채웠다.

그 후로 10분 정도 지났을까.

"창수야, 심사결과 나왔단다."

영어 선생이 교실 문을 열었다.

"벌써요? 금방 갈게요. 소영이 너는 떠오르는 거 전부 적고 있어."

"네."

최창수는 바로 토론실로 향했다.

교단에 서 있는 일곱 명의 학생.

이번에도 자신이 꼴찌였다.

"영어 말하기 대회 심사결과를 발표하겠습니다."

학생들이 긴장 섞인 침을 삼켰다.

하지만 그 중 단 한 명도 1등자리를 넘보고 있지 않았다.

'저런 괴물을 무슨 수로 이겨! 고등학생 레벨이 아니잖아!'

압도적인 실력차.

3등이라도 하면 다행이라 생각하고 있었다.

"먼저 1등부터 발표하겠습니다."

심사위원인 서형문이 상장과 상금을 갖고 교단에 섰다.

최창수는 상금에 군침을 흘리며 걸어 나갈 준비를 했다.

"영어 말하기 대회, 1등."

"하하."

"구자용."

"네?!"

1초 전에 웃던 최창수가 당황했다.

"1등, 구자용. 위 학생은 영어 말하기 대회에서 우수한 영어 회화 실력을 선보였으므로 이 상장을 수여합니다."

"감사합니다."

아무렇지도 않게.

마치 이게 당연한 결과였다는 듯 구자용이 상장과 상금을 받아 제 자리로 돌아왔다.

그 도중, 시선이 최창수를 향했다.

봤냐?

넌 날 못 이겨.

마치 그렇게 말하듯, 구자용이 입술을 들썩였다.

"다음, 2등. 최창수 학생. 이하 같습니다."

"잠시만요."

"뭔가?"

"왜 제가 1등이 아니죠? 누가 봐도 제 실력이 더 뛰어났잖아요."

"물론 뛰어났지. 하지만 자네의 회화에는 마음이 담겨있지 않았어."

"네……?"

이건 또 무슨 참신한 개소리인가 싶었다.

"심사 결과는 자네보다 훨씬 뛰어난 선생들이 정했네. 모두가 만장일치한 결과니 반항하지 말도록 하게나."

"적어도 납득할 수 있게 제대로 된 이유라도 말해주세요."

"이보게, 최창수 학생."

서형문이 가소롭다는 눈빛으로 최창수를 바라보며 웃었다.

"고등학교 대회에서 너무 큰 걸 바라는 게 아닌가? 적당히 세상에 순응하며 살줄도 알아야 좋은 사회인이 되는 거니 돌아가도록 하게나."

아직 제 자리로 돌아가지도 않았건만, 서형문은 심사를 마저 진행했다.

'시발! 이게 어떻게 된 일이냐고!'

심사가 전부 끝나고.

너무 어이가 없는 나머지, 적막해진 토론실을 떠나지 못하고 있었다.

"창수야."

"선생님, 진짜로 납득이 안 되는데요. 제가 구자용보다 못했어요?"

"네가 더 뛰어났단다."

"그런데 어째서 제가 2등인데요!"

"그러게나 말이다…… 심사 도중에 착오가 있던 걸지도……."

영어 선생이 곤란하다는 표정이 됐다.

"납득할 수 없어요."

"어딜 가는 거니?"

"따지고 와야겠어요."

최창수가 토론실 문을 확 열고 밖으로 나갔다. 그리고 바로 옆에 서 있는 구자용과 눈이 마주쳤다.

"안녕, 만년 2등? 표정 한 번 보기 좋네."

"구자용……."

"아무래도 내 회화에는 말하는 이의 마음이 실려 있었나 보다."

"너… 사실대로 말해. 네가 뭔 짓을 꾸민 거지?"

"네 실력이 부족했던 걸 내 책임으로 돌리는 건가? 역시 만년 2등답네."

구자용의 입가에 비릿한 웃음이 걸렸다.

순간적으로 손이 확 올라갔다.

구자용이 바로 식겁했지만, 가까스로 손을 멈출 수 있었다.

"됐다……."

여기서 구자용을 때리면 말로 설명할 수 없을 만큼 비참해진다.

마치 폭력으로 모든 걸 해결하려는 거 같지 않은가?

'심사 도중에 뭔 일이 있던 게 분명해.'

최창수는 자신의 실력에 자신감을 갖고 있었다. 그리고 그 자신감은 단순한 허세가 아닌, 실로 남에게 인정받을 만한 거다.

최창수는 바로 교무실로 향했다.

그곳에 심사위원을 담당했던 선생이 있을 것이리라.

따져봤자 이미 정해진 심사결과는 안 바뀌겠지만, 적어도 2등을 하게 된 정확한 이유라도 듣고 싶었다.

그때였다.

"접니다. 구덕철 이사님."

교무실로 향하던 도중에 지나쳐야 할 계단.

그 밑에서 서형문의 목소리가 들렸다.

"역시 이사님의 아들 분답게 뛰어난 실력이더군요. 1등으로서 손색이 없었습니다. 이사님께서 갑작스레 참가시켜서 의아했는데, 이제 보니 자식자랑 때문이었군요. 하하!"

서형문은 계속해서 구덕철과 통화를 나눴다.

그리고 마침내 통화가 끝났을 때…….

"짜고 치는 고스톱이었어요?"

서형문의 어깨가 크게 들썩였다. 고개를 돌리니 최창수가 인상을 확 쓰고 계단을 내려오는 게 보였다.

"통화를 훔쳐듣다니, 취미가 좋지 못한 학생이로군."

"좋지 못한 건 제가 아니라 교수님이죠. 심사위원 푯말에 최강 대학원 교수라고 적혀 있으시던데, 교수나 돼서 이게 무슨 장난이에요?"

"학생 눈에는 이게 장난으로 보이나?"

서형문이 휴대폰을 조용히 주머니에 넣었다.

"이건 어엿한 비즈니스라네."

"부족한 학생을 1등으로 만드는 게요?"

"그로 인해 서로에게 득이 되는 게 있다면 훌륭한 비즈니스지. 그리고 구자용은 S기업이 고위 임원인 구덕철의 아들이다. 잘 해줄 수밖에 없는 학생이지."

그 순간 최창수는 권력의 힘을 알게 됐다.

태어나길 금수저로 태어난 사람을 노력 없이도 좋은 결과를 손에 넣지만, 자신 같은 흙수저는 아무리 노력해도 권력에 따라 부당한 결과를 받아야만 한다.

그게 바로 현 상황.

태어나서 처음으로 자신에게 힘이 없는 게 원망스러워졌다.

"교단에 서는 교수로서…… 부끄럽지 않으세요?"

노력은 자신을 배신하지 않는다.

3학년이 돼서 그 사실을 몸소 증명해왔다.

그리고 오늘 처음으로 노력이 자신을 배신했다.

"이제 익숙하군."

"교수라는 사람이……!"

"여전히 심사결과에 굴복하지 못한 모양이군."

서형문이 제 멋대로 화제를 전환했다.

힘겹게 분노를 억누르는 최창수, 그리고 근엄한 표정인 서형문.

둘의 시선이 서로에게 닿았다.

"실력은 아주 훌륭했어. 참가서를 보니 해외파도 아닌데 원어민 이상의 실력을 소유하고 있더군. 구자용만 아니었다면 1등은 자네였겠지."

서형문이 지갑에서 5만 원짜리 지폐 세 장을 꺼냈다.

"1등이 30만원, 2등이 20만원이었지? 여린 마음에 상처받은 거까지 포함해서 15만원을 주도록 하지."

서형문이 지폐를 펄럭였다.

마치 이거나 받고 떨어지라는 태도.

구자용의 무시는 장난이라 여겨질 정도로 지독한 무시가 느껴졌다.

부들부들 떨리는 두 어깨. 꽉 문 어금니.

하지만 손은 돈을 쥐었다.

"훗, 현명한 학생이로군."

서형문이 비릿한 웃음을 보이고 등을 돌렸다. 귀찮은 학생도 떨어트렸겠다, 강의를 위해서 대학원으로 돌아가려 했다.

그때…….

찌익찌익.

종이를 찢는 소리가 들렸다.

"권력 앞에서는 교수로서의 자존심도 없군요."

뒤를 돌아봤다.

자신이 건넨 돈을 전부 찢고 있는 최창수. 종이쪼가리로 변한 지폐가 허공에 휘날린다.

"오늘 일, 머지않아 후회하실 거예요."

"자네에게 무슨 힘이 있다고 내가 후회한다는 거지?"

"전 천재거든요."

최창수가 확신에 찬 목소리로 말했다.

"교수님이 무릎 꿇은 권력을 쥔 그놈들보다 더 높은 자리에 앉게 될 천재요."

"……굉장한 자신감이로군."

"기정사실이거든요."

"훗. 어디 한 번 마음대로 해보게나."

몸을 돌린 서형문이 저 멀리 사라졌다.

· · · ◆ · · ·

"어. 서, 선생님!"

교실 문을 열고 들어가자 이소영이 당황했다.

뭔가를 급하게 책상 속에 넣는 모습.

하지만 서형문 일로 머릿속이 가득차서 신경 쓰이지는 않았다.

"느, 늦게 오셨네요. 근데 표정이 왜 그러세요?"

"아무 일도 아니야. 단어는 다 적었냐?"

"일단은 전부 적었어요."

이소영이 문제지를 제출했다.

앞뒷면을 꽉 채운 영단어.

꼼꼼하게 단어 앞에 숫자를 적어놔서 세어볼 필요도 없이 350단어라는 걸 알게 됐다.

"제법인데?"

350단어 중 250단어가 정답이었다.

"대단하죠? 이틀 동안 잠도 제대로 안자고 외웠어요."

"으스댈 만하네. 그나저나 어떻게 딱 250개가 정답이지?"

"그만큼만 외웠으니까요! 악!"

최창수가 문제지를 돌돌 말아 이소영의 머리를 가볍게 내려쳤다.

"왜 때려요?"

"영약해서. 이왕 노력할거면 완벽하게 하지. 머리 쓰기는."

"결과만 좋으면 됐잖아요?"

"이왕 노력할거면 최고를 노려라."

근엄한 목소리.

이소영에게 하는 말, 동시에 스스로에게도 하는 말이었다.

오늘 일에 적잖은 충격을 받았다. 자신이 세상을 너무 만만하게 본 게 아닌가 싶을 정도로.

살다 보면 가치관이나 목표가 바뀌는 일이 반드시 있다고 하던데, 오늘이 그 날인 것만 같았다.

· · · ◆ · · ·

최창수는 약속대로 이소영을 노래방에 데리고 갔다.

"와아! 노래방이다!"

지정된 방에 들어가기가 무섭게 이소영이 소파에 뛰어들었다.

"되게 기뻐하네?"

"반 년 만에 왔거든요!"

이소영이 바로 마이크를 잡고 노래를 골랐다.

한 시간 뒤에 바로 학원을 가야 하니 당연한 행동이었다.

그녀는 주로 귀여움을 어필하거나, 혹은 남자 아이돌의 노래만 불렀다.

'오랜만에 왔으니 즐기게 해줘야지.'

30분이 넘게 이소영의 독주가 이어졌다.

"선생님은 안 부르세요?"

"더 불러도 괜찮아."

"선생님 노래도 한 번 듣고 싶어요. 아니면 설마 선생님 음치 박치에요?"

이소영이 손으로 입을 가리고 눈꼬리를 휘었다.

장난스러운 비웃음.

그게 최창수의 마음에 불을 질렀다.

"듣고 놀라지 마라."

"제 친구 중에 노래 되게 잘 부르는 애 있어서 어지간하면 안 놀라요."

이소영이 탬버린을 짜랑짜랑 휘둘렀다.

그에 최창수는 조용히 있으라는 듯 손을 저었고, 애창곡

번호를 눌렀다.

그리고 시작 버튼을 누르려던 찰나.

'잠깐. 이제는 굳이 한국 노래만 고집할 필요가 없잖아?'

한국 노래만 고집했던 이유는 간단하다.

한국어만 할 줄 알았으니까.

하지만 이제는 뛰어난 영어실력의 소유자다.

'예전부터 꼭 한 번 불러보고 싶은 게 있었지.'

곡명은 Lost Stars.

비긴 어게인이란 영화에 나오는 OST로서 상당한 인기를 끈 곡이었다.

"Please don't see just a boy caught up in dreams and fantasies.(나를 단지 꿈과 환상에 사로잡혀 있는 어린 소년으로 보지 마세요.)"

나온다.

발음 하나 틀리지 않고 완벽하게 외국노래를 소화하게 됐다.

"But don't you dare let our best memories bring you sorrow .(최고의 기억들이 당신을 슬픔으로 이끌도록 하지 마세요.)"

예전에는 영단어 읽는 법을 떠올리다가 몇 번이고 박자를 틀렸는데. 그래서 집에서 버벅이며 연습만 했던 기억이 새록새록 떠오르는데!

이제는 마치 이 노래가 처음부터 자신의 것이었다는 듯 자연스럽게 나왔다.

게다가 원래의 노래실력도 전부 반영됐다.

"와아……."

이소영은 넋을 놓고 그 모습을 바라봤다.

이 정도 실력으로 국내노래를 불러도 할 말을 잃었을 텐데, 해외노래를 가수처럼 부르기 영혼이 빠져나가도 모를 만큼 몰입하게 됐다.

마침내 노래가 하이라이트에 돌입했다.

최창수는 그 부분마저 완벽하게 소화해냈고, 노래는 끝을 맺이했다.

"후, 스트레스 확 풀리네."

스트레스 해소를 위해 노래방을 찾았던 최창수.

그 어떤 노래라도 고음을 발휘해 락처럼 부르는 위엄을 달성했다.

"선생님……."

이소영이 넋이 나간 채 물었다.

"대체 못하는 게 뭐예요?"

다재다능한 사람을 찾기란 쉬운 법이 아니다.

특히나 최창수처럼 공부를 잘할 경우.

보통 성적이 우수한 학생은 뭔가에 몰두할 시간을 전부 공부에만 할애하니까.

"못하는 거라, 나도 궁금하다."

최창수는 허세를 섞어 대답했다.

남은 20분 동안 마이크의 주인은 이소영이었다.

한 번 최창수의 노래를 맛 본 그녀는 부를 용기가 안 난다면서, 계속 선생님의 노래가 듣고 싶다고 말했고 그 요청에 응했다.

최창수는 계속해서 부르고 싶었던 해외노래만 불렀다.

마지막 곡은 Counting Stats.

OneRepubic(원리 퍼블릭)이란 해외 밴드의 노래였다.

"But baby I've been I've been prayin' hard. seid no more counting dollars. we'll be counting stras. (그렇지만 우리는 열심히 기도해왔어. 더 이상 돈을 세지 말게 해달라고. 우리는 별을 셀 거라고.)"

노래를 부르면서 최창수는 기쁨을 만끽했다.

노력을 통해 얻은 배움으로, 원하던 목표를 달성했을 때의 그 기쁨!

마약처럼 중독성이 강했다.

마지막 노래가 끝나고 두 사람은 밖으로 나왔다.

"선생님! 오늘 정말 즐거웠어요!"

"나도 즐거웠다. 수험 스트레스 전부 날려버렸네."

"다음에 또 와요! 아! 그때는 친구들 데리고 와도 돼요?"

"그때보고. 우선 지금은 입시에 힘써라. 참, 이거."

최창수가 가방에서 두툼한 서류를 꺼냈다.

이런저런 참고서의 페이지가 스테이플러로 묶여 있었다.

"앞으로 한 달 동안은 계속 단어랑 문법만 외워. 넌 그게 부족한 거 같더라."

"으에……."

"내가 체크해둔 부분 있지 월요일 날 시험볼 거야. 이번에도 제대로 성공하면 상 줄 테니까, 받고 싶은 거 생각해 둬."

"하아…… 알겠어요."

묘하게 자신 없는 표정.

그 표정이 당혹에 물드는 건 최창수의 한 마디 때문이었다.

"그리고 앞으로 다시는 컨닝하지 마."

"……!"

어떻게 알았냐는 듯한 이소영의 표정.

최창수가 쓰게 웃었다.

"너 보내기 전에 책상 속 확인했어."

"어……."

"거짓으로 얻은 과실은 그 순간만 달콤할 뿐이야."

"하, 하지만…… 너무 어려웠단 말이에요……."

"그럼 넌 나중에 패션 디자이너가 됐을 때, 아이디어가 안 떠오르면 남의 아이디어를 표절할 거야?"

그 비유에 이소영은 알게 됐다.

자신이 무슨 터무니없는 잘못을 했는지.

"이번에 잘못 봤다면 다음에 잘하면 돼. 네가 정말로 노력한다면 성공은 도망가지 않거든."

"죄송합니다……."

"알면 두 번 다시는 그러지 마. 학원 늦겠다, 어서 가."

"네……."

이소영이 학원 방향으로 힘없이 걸어갔다.

'괜히 말했나? 아니지, 다 소영이를 위한 일이야.'

최창수는 여름방학 전까지 영어선생과 잦은 교류를 하면서 한 가지를 배웠다.

교육자는 늘 학생 앞에서 깨끗하고, 올바른 길로 이끌어줘야 한다는 걸.

이소영에게 좋은 선생이 되고 싶었다.

'절대 그 교수처럼은 되지 않아.'

그 날 밤.

최창수는 평소보다 일찍 귀가했다.

'서형문, 구덕철.'

인터넷 포털사이트에서 두 사람의 이름을 검색했다.

서형문은 최강 대학원 영어영문학과 교수.

구덕철은 S기업의 고위임원.

둘 다 태어나길 금수저로 태어났고, 경력 또한 화려했다.

경력만 보면 그 자리에 어울리는 인물.

하지만 그들의 실체를 알고 있는 최창수의 눈에는 그저 권력에 취한 자들로 밖에 보이지 않았다.

'어떻게 하면 이들을 무너트릴 수 있을까?'

두 사람은 자신과는 비교도 안 되는 위치에 있다.

무너트리려면 그에 준하는 기반을 쌓아야 한다.

대한민국에서 인정받을 수 있는 방법이 무엇이 있을까?

대표적으로는 공부를 잘하고, 대기업에 취직해서, 남부럽지 않게 생활하는 것.

하지만 그거로는 부족하고, 또 그렇게 틀에 박힌 인생을 살고 싶은 마음도 없었다.

'사회적 지위부터 얻어야겠네.'

자신에게는 운수 대통령이 있다.

목표를 달성하고 그로 인한 보상으로 자신의 능력을 강화한다면?

"후훗."

완벽한 그림이 그려졌다.

· · · ◈ · · ·

〈2015년 8월 8일 운수 대통령님의 운세입니다〉

〈행운의 아이템 : 렌즈 없는 뿔테안경〉

〈행운의 색깔 : 검정 물방울이 섞인 노란색〉

〈행운의 장소 : 손님이 다섯 명 미만인 있는 카페〉

'키야, 안경 하나로 두 개를 달성하네.'

최창수는 책상 서랍에서 안경을 꺼냈다. 고등학교 1학년 때, 한창 렌즈 없는 안경이 유행했을 때 구매한 물건이었다.

'행운의 장소는 늘 어렵네.'

마치 마지막 보스 같은 느낌이었다.

영어 말하기 대회 이후.

최창수는 생각했다.

어쩌면 그 날, 행운조건이 두 개 이상 충족되었다면 권력을 꺽고 당당히 1등을 차지했을 지도 모른다고.

단순히 도서관과 집만 왔다 갔다 하는 삶에서 행운이 필요할 거라 여기지 않아, 운수 대통령을 소홀히 했었다.

'앞으로는 행운도 잘 챙겨야지.'

가방을 챙기고 밖에 나섰다.

동시에 휴대폰이 울렸다.

'뭐지?'

휴대폰을 확인한 최창수는 저도 모르게 소리 질렀다.

"우오오오오!"

〈운수 대통령님, 목표가 생겼어요!〉

〈목표 : 곤경에 빠진 사람을 두 명 이상 구하기!〉

〈성공조건 : 곤경에 빠진 사람으로부터 감사인사 듣기〉

〈보상 : 인생 포인트 +1〉

〈제한시간 : 12시간〉

"왔다! 왔어! 드디어 왔다고!"

이게 얼마만의 목표인가!

'공부 따위가 중요할까보냐!'

최창수의 머리는 벌써부터 인생 포인트로 무얼 투자할까 고민하기 시작했다.

'그런데 곤경에 빠진 사람이 누가 있지?'

한 사람씩 전화로 물어보기로 했다.

"어, 유라야."

첫 번째 타자는 서유라!

"차, 창수야?!"

방학이 시작된 이후로 한 번의 연락도 없던 최창수가 전화를 걸자 그녀는 당황했다.

"무슨 일이야? 쉬는 중?"

"너 혹시 곤란한 일 있냐? 아니면 주변에 곤경에 빠진 사람 있어?"

"그건 왜?"

"필요하거든."

최창수가 뭔가를 필요로 한다!

좀처럼 없는 일이었다.

"기다려! 곤경…… 곤란…… 금방 처할게!"

"엉? 아니, 일부러 빠질 필요는 없는데……."

"아냐, 아냐. 꼭 처할 테니까 기다려야 해! 지금 2시 40분이니까, 3시 안에 곤란한 일 만들어서 다시 전화할게!"

"어… 아, 알았다."

적극적인 그녀의 태도가 당황스러웠지만 호의를 거절하기도 애매했다.

'유라가 도와주면…… 한 명은 구한 건가.'

그녀의 전화를 기다리며 터미널로 향했다.

사람이 많은 곳.

필연적으로 한 명 쯤은 곤경에 처해있을 거다.

송근태 현대 판타지 장편소설

여섯 번째 이야기
A&T학원 강사

운수 대통령

운수 대통령

여섯 번째 이야기
A&T학원 강사

잠시 후.

서유라로부터 전화가 왔다.

"지금 어디야?"

"터미널에 있어."

터미널에 도착하고 20분 정도 주변을 배회했다.

장날처럼 북적북적한 그 곳.

딱히 곤란해 보이는 사람은 없었다. 그 흔한 나물 파는 할머니도 없을 정도로.

"기다려! 택시 타고 바로 갈게!"

날도 더운데 천천히 와.

그 말을 하기도 전에 전화가 끊겼다.

그로부터 20분 뒤.

택시 정류장에서 기다리고 있자 바로 앞에서 택시가 멈춰 섰다. 내린 사람은 서유라. 늘 보던 교복이 아닌, 제법 꾸민 티가 나는 차림새였다.

"창수야! 반가워! 진짜 보고 싶었어!"

"어? 음, 나도 보고 싶었어."

"진짜로?!"

친구로서 보고 싶다는 말.

하지만 서유라에게는 희망 실린 대답이었다.

"그래서 뭐가 곤란거리는 만들어왔냐?"

다시 생각해도 웃긴 말이었다.

하지만 한편으로는 그녀가 고마웠다. 앞뒤 사정 묻지 않고, 단지 자기가 필요하다는 말 때문에 도움이 되려해줬으니까.

"이거, 이거!"

서유라가 티켓 두 장을 꺼냈다.

서울 코엑스 아쿠아리움 관람 티켓이었다.

"아빠가 친구한테 받아서 가져왔는데 두 장이라서 가족끼리 가기 애매하더라고. 그래서 내가 받아왔어!"

"……어디가 곤란한 건데?"

"무료 티켓이라서 기한이 3개월 밖에 안 돼! 보니까 다음 주 지나면 못 쓰더라고, 버리긴 아깝잖아~. 너랑 같이 보면 누구랑 갈지 곤란해 하지 않아도 돼!"

일리 있는 말이긴 했다.

공짜라면 환장하는 게 사람 심리……. 바로 앞에 있는 공짜를 버리는 건 부자나 할 짓이고, 이 둘은 부자가 아니다.

"아쿠아리움이라……."

머릿속 계산기를 실행했다.

솔직히 서유라와 함께 아쿠아리움에 간다고 목표 조건이 반절 달성될 거 같지는 않다. 서유라의 표정이 도저히 곤란해보이지 않으니까.

'뭐…… 주말이면 아쿠아리움에도 사람이 많겠지.'

그 중 길을 잃거나, 자식을 잃은 손님이 있을 지도 모른다. 나물 파는 할머니 조차 없는 터미널에 발 묶여 있는 것보다 낫다.

최창수는 알겠다 대답했고, 서유라는 고맙다면서 제자리에서 방방 뛰었다.

코엑스로 가려면 지하철이나 고속버스를 타야 한다. 바로 맞은편에 고속버스터미널이 있으니 이동방법은 걱정할 필요가 없다.

"버스 요금은 내가 낼게."

그렇게 말하고 앞으로 한 발자국 나아갔고…….

"이, 이러고 가자……."

갑작스레 서유라가 팔짱을 둘렀다.

반팔이라서 바로 닿는 그녀의 부드러운 살결.

서유라와 알고 지낸 건 제법 됐지만, 서로 장난칠 때 이외에는 한 적 없는 스킨십에 최창수는 순간 가슴이 덜컹 거린 걸 느꼈다.

"더, 더운데 떨어지면 안 되냐?"

"안 돼."

단호하게 말한 서유라가 최창수를 끌고 가듯 앞으로 나아갔다.

걷는 내내 모이는 주변의 시선.

최창수는 금방 적응이 됐지만, 서유라는 쥐구멍에라도 숨고 싶은 심정이었다.

'차, 참아야 해!'

방학 며칠 전.

서유라는 요 근래 최창수에게 관심을 보이는 여학생이 부쩍 늘어난 걸 느꼈다.

연락처를 알려달라면 고민도 없이 바로바로 알려주는 최창수.

그 중 몇 명은 방학 도중에 최창수에게 연락할 게 분명했다.

'뺏길 수 없어!'

그래서 용기를 내 팔짱을 두른 것이다.

'다들 창수가 공부 잘하기 전에는 관심도 없던 것들이, 어딜 감히!'

한참 전에 침 발라둔 먹잇감을 다른 동물에게 뺏길 수 없었다.

1시간 30분 후.

코엑스 아쿠아리움에 도착했고, 두 사람은 바로 표를 제시하고 아쿠아리움 내부로 들어갔다.

얼마 걷지 않자 무지개 라운지가 나왔다.

어두운 배경 아래, 원통 안에서 살아 숨 쉬고 있는 바다 속 생물, 수족관에서 자유롭게 헤엄치는 물고기까지…….

보는 순간 가슴이 확 트여졌다.

"창수야, 이것 봐! 이거!"

서유라가 호들갑을 떨며 손을 흔들었다.

"오, 예쁘긴 하네."

"그치?"

두 사람이 본 건 푸른색과 노란색이 섞인 열대어. 지느러미를 노처럼 저으며 자유롭게 물속을 헤엄치고 있었다.

'나도 저렇게 살고 싶다.'

비록 수족관에 갇혀 있지만, 물고기가 부러웠다.

적어도 무엇에도 구애받지 않고 자유로이 움직일 수 있으니까.

최창수에게는 수족관이 곧 세계였고, 물고기가 곧 자신이었다.

두 사람은 잔뜩 신이 나서 아쿠아리움을 관람했다.

때로는 물고기를 배경으로 사진을 찍었고, 포토존에서 상어에게 잡아먹히는 콘셉트로 동영상도 찍었다.

처음에는 어색하기만 하던 팔짱도 어느 사이 자연스러워
졌다.

남들이 보면 영락없이 연인의 데이트.

'오랜만에 머리도 식히고 좋네.'

최창수는 입가에 미소를 머금고 서유라를 바라봤다. 금방
이라도 수족관으로 들어갈 정도로 얼굴을 가까이하고 있다.

그때였다.

"왁!"

유유히 헤엄치던 상어가 갑자기 서유라를 바라보더니 아
가미를 쩌억 벌렸다.

잡아먹힐 일 따위 없건만.

톱날처럼 날카로운 이빨에 서유라가 화들짝 놀라 뒷걸음
질 쳤다.

"풉."

"······우, 웃지 마!"

"귀엽게 상어한테 쫄기는."

"어······?"

서유라의 귀에는 귀엽다라는 말 밖에 들리지 않았다.

두 눈이 커다래진 그녀의 두 볼이 점점 붉어졌다. 어두운
조명 아래라 그런 지, 그 모습이 최창수의 눈에도 귀엽게
보였다.

'오늘따라 평소보다 더 여자답네.'

최창수는 가슴의 두근거림을 느꼈다.

잠시 생각을 정리하기 위해서 최창수는 잠시 화장실에 갔다 온다고 말했다.

볼 일을 보고, 손을 닦으면서 생각을 정리해봤다.

'오늘따라 뭔가 이상한데.'

고등학교에 들어와서부터 서유라의 태도가 조금 바뀐 걸 느꼈다. 중학교 때는 단순한 친구였다면, 고등학교에 와서는 자신에게 조금 관심을 보이는 느낌?

하지만 그 행동에 미사여구적인 의미를 부여하지 않았다.

허물없이 친해져서 그런 거라고 생각했으니까.

'그리고 보니 애들 사이에서 졸업 전까지 연애경험이 없으면 나중에 쪽팔린다고 했지.'

자신은 딱히 그런 생각을 한 적이 없어서 이해하지 못했다.

'에이, 모르겠다. 정말 그런 거라면 유라가 알아서 말하겠지. 괜히 떠봤다가 아니면 사이만 어색해지고.'

건조기에 손을 말리고 곧장 밖으로 나갔다.

그리고 아까 전까지 서유라가 있던 자리에 다른 사람이 있는 걸 봤다.

"뭐야, 애 어디 갔어?"

아무 말도 없이 사라질 애가 아니다.

최창수는 바로 서유라에게 전화를 걸었다. 받지 않는다. 하지만 어딘가에서 그녀의 통화음이 들려왔다.

그 소리를 따라 분주히 발을 움직였다.

그리고 두 눈으로 목격했다.

"유라야!"

딱 봐도 불량해 보이는 고등학생 두 명.

그들로부터 손목을 잡혀 억지로 끌려가고 있는 서유라
를.

"차, 창수야!"

다급한 그녀의 외침!

최창수는 전력으로 달려가 서유라의 손목을 붙잡고 있는
고등학생의 손을 내려쳤다.

"뭐야, 진짜 일행이 있었네?"

"간만에 괜찮은 애 건졌나 했더니, 김빠지네."

고등학생 두 명이 한가롭게 대화를 나눴다.

"너희 뭐야?"

"김빠져서 그냥 갈 거니까 신경 쓸 거 없다~"

고등학생 두 명이 손을 휘휘 저으며 다른 곳으로 사라지
려고 했다.

하지만.

가만있을 최창수가 아니었다.

"컥!"

이를 악물고, 최창수가 고등학생 한 명의 목덜미를 확 낚
아챘다.

"어딜 그냥 가? 애한테 사과 안 해?"

"아, 이 자식이. 얌전히 가려고 했더니만 사람 성질 건드
리네."

"갈 때 가더라도 사과 하라고."

살기 넘치는 눈빛.

당장이라도 달려들 눈빛이었다.

"차, 창수야. 그만 해. 사과 안 받아도 괜찮아……."

서유라를 바라봤다.

불과 몇 분전까지만 해도 미소가 사라지지 않던 그녀의 얼굴. 지금은 안색이 별로 좋지 못하다.

더더욱 사과를 받아야겠다 싶었다.

"사과 해. 미안하다고 한 마디 하는 게 어렵냐?"

"야, 얘가 나보고 사과하라는 데 어떡할까?"

"뭘 사과야. 여자 혼자 있던 게 잘못이지."

비리비리한 고등학생이 아닌, 제법 덩치가 우람한 고등학생이 최창수 앞에 섰다.

"야. 좋게 말할 때 그냥 가."

"사과하면 간다고."

"하, 근데 진짜. 그래, 사과하마. 사과해."

퍽!

우람한 고등학생이 주먹으로 최창수의 어깨를 후려쳤다.

강렬한 충격!

인상이 찌푸려지고, 휘청거리는 몸을 감당하지 못해 엉덩방아를 찧고 말았다.

"미안하게 됐다. 이제 됐냐?"

"입만 산 새끼가 까불기는."

고등학생 두 명이 낄낄거리며 다른 곳으로 사라졌다.

"차, 창수야 괜찮아……?"

서유라가 걱정스러운 어조로 물었다.

하지만 최창수는 대답하지 않았다.

그저 어이없다는 표정으로 점점 멀어져가는 고등학생 두 명을 바라볼 뿐이었다.

'요새 너무 공부만 했나?'

2학년 때까지는 학교를 주름잡던 양아치들과 싸워서 이긴 적도 여러 번 있었다.

어디가서 맞고 다닐 거란 생각은 전혀 못했다.

아까 전에 그 공격도 충분히 예상하고 피할 수 있었건만. 반 년 넘게 책상 앞에만 앉아있었더니 몸이 둔해진 모양이다.

"아, 자존심 상해."

"창수야?"

"진짜 자존심 존나 상한다."

무심함 마저 느껴지는 말투로 그가 말했다.

"여기서 얌전히 기다리고 있어."

타다다닥!

쓰러진 몸을 일으킨 최창수가 전력으로 달렸다.

시야에 포착된 아까 전 고등학생 무리.

그 중 자신을 밀친 녀석에게 거침없이 하이킥을 날렸다.

"컥!"

우람한 고등학생이 등에 전해지는 충격을 고스란히 받으

며 바닥에 볼품없이 쓰러졌다. 고개를 휙 돌리자 최창수가 보였다.

아까 전의 분노한 표정은 온데간데없이.

최창수는 표정만 보면 침착해 보였다.

"리벤지다."

퍽!

최창수의 주먹이 고등학생의 얼굴을 후려쳤다.

· · · ◈ · · ·

연말연시 사람이 끊이지 않는 코엑스에서 고등학생들의 싸움이 벌어졌다. 시민들의 신고가 바로 이뤄졌고 얼마 지나지 않아 보안 담당 경비원이 찾아와 최창수 일행을 말렸다.

그 뒤 경찰서로 가게 된 건 당연한 수순이었다.

"정말 죄송합니다. 저희 애가."

"아닙니다, 어린애들이 싸울 수도 있는 거죠. 저희야말로 죄송하게 됐습니다."

2시간 뒤.

부랴부랴 양측의 부모님이 찾아왔다.

상대방의 부모님이 평소 자식 행실에 골치를 많이 썩고 있었고, 최창수의 부모님 역시 아들이 대학입시 전에 안 좋은 일에 휘말리는 게 싫어 다시는 이런 일이 없겠다는 각서와 반성문을 쓰는 걸로 싸움 건을 마무리하기로 했다.

"괜찮니?"

역으로 돌아가던 중.

죄송한 마음이 커서 고개를 푹 숙이고 있자 어머니가 상냥하게 얼굴을 어루만지셨다.

"네, 괜찮아요. 죄송해요."

"어쩌다가 싸우기까지 했어. 무식한 애들이려니 하고 넘어가지."

"죄송해요."

"크게 다치지 않았으니 괜찮단다. 다음부터는 함부로 주먹 휘두르면 안 돼. 그 애들이 먼저 널 때렸고, 많이 다치지 않아서 다행이지. 둘 중 한 명 이빨이라도 부서졌으면 어쩌려 그랬어."

"네, 주의할게요."

"최창수, 너 인마."

최창수와 어머니의 대화에 대뜸 아버지가 끼어들었다. 제법 화가 난 얼굴이다.

"누가 이 애비 자식 아니랄까 봐. 욱하는 성격 고쳐, 안 그러면 너 사회 나가서도 고생해."

"차, 창수한테 너무 그러지 마세요!"

서유라가 말했다.

"저 도와주려고 싸운 거예요. 창수랑 중학교 때부터 알고 지내서 잘 알아요, 창수 주먹 함부로 휘두르는 애 아니에요."

"흠, 그래. 너희 둘이 오래 알고 지냈으니, 친구가 위험

할 때 도와준 건 잘한 짓이지. 그러니까 여기까지만 말하
마."

"감사합니다. 집에 가서도 절대 뭐라 하지 마세요!"

"그래, 알겠다. 둘 점심은 먹었느냐?"

"아뇨. 아직이요."

"그럼 우선 밥부터 먹자구나."

부모님이 최창수와 서유라를 데리고 근처 국밥집으로 향
했다. 거기서 조용히 식사를 끝내고, 바로 천안으로 돌아가
는 지하철에 올라탔다.

"미안해."

천안역에 도착하고, 부모님을 먼저 돌려보낸 후 서유라
와 잠시 산책 중이었다.

"멍하니 서 있지 말고 너 따라 갈 걸."

"야, 네가 뭘 잘못했다고 미안해? 잘못한 건 걔들인데.
가해자가 미안해해야지, 피해자가 미안해하는 게 말이 되
냐?"

"고마워……."

"아오, 이 답답아. 너 답지 않게 왜 그래? 어깨 펴!"

서유라의 등짝을 팡 두들겼다.

"오늘은 이만 헤어지자. 집까지 데려다 줄게."

대답이 없는 서유라.

택시에 올라 그녀를 집까지 바래다 준 후, 최창수는 휴대
폰을 확인했다.

'뭐야?! 목표 종료까지 3시간 밖에 안 남았잖아?'

경찰서에서 너무 많은 시간을 빼앗겨버렸다. 자칫하면 소중한 인생 포인트를 날릴 상황!

서유라를 도와준 덕분에 곤경에 쳐한 사람을 한 명만 더 구하면 된다.

하지만 어딜 봐도 곤경에 쳐한 사람이 보이지 않았다.

'내가 너무 어렵게 생각하고 있나?'

곤경이란 건 말 그대로 어려운 형편이나 처지에 빠졌다는 걸 말한다. 그리고 누구나 곤경에 쳐하기 마련이다. 당장 자신만 해도 곤경에 처해있으니까.

'가볍게 생각해보자.'

운수 대통령은 곤경에 쳐한 사람을 도우라고만 했지. 그외 잡다한 설명은 덧붙이지 않았다.

'이렇게 많다니.'

생각을 바꾸고 주변을 둘러보자 세상이 바뀐 걸 느꼈다.

리어카를 끌고 신문지를 줍는 어르신, 편의점 문이 잠겨서 교통카드를 충전하지 못해 버스를 놓친 학생, 잃어버린 강아지를 찾는 여자까지…….

방금 전까지는 그냥 평범하게 지내는 사람처럼 보였던 그들.

지금은 제각기 크고 작은 곤경에 처해있었다.

"어르신."

힘겹게 리어카를 끄는 어르신에게 다가갔다.

"괜찮다면 제가 좀 도와드릴까요?"

모두가 폐지 줍는 자신을 무시하고 지나칠 때, 남학생 한 명이 다가와 미소와 함께 선의의 손길을 건넸다.

어르신이 미소를 지었고, 최창수는 2시간 동안 폐지를 줍고 고물상으로 향했다.

"고마워요."

어르신의 집까지 리어카를 대신 끌고 왔다. 그러자 어르신이 주머니를 주섬주섬 뒤지더니 꾸겨진 오천 원짜리를 꺼냈다.

"아! 시간이 너무 늦었네요, 전 이만 가볼게요! 건강히 지내세요!"

자신에게 건네려는 게 너무나 명확해서 바로 자리를 떴다.

그리고 잠시 후……

〈축하해요, 운수 대통령님! 목표를 달성했군요!〉
〈보상 : 인생 포인트 +1〉

"야호!"

비록 운수 대통령 때문에 실천한 선행이었지만, 여러모로 뿌듯한 기분이 들었다.

그로부터 며칠이 지나 월요일이 됐다.

"헉! 선생님 얼굴이 왜 그래요?"

침대에서 뒹굴 거리던 이소영이 화들짝 놀라 몸을 일으켰다.

"놀다가 좀 다쳤지 뭐냐. 별 일 아니니까 신경 쓰지 말고, 자자! 과외 시작하자. 저번에 준 문제는 다 풀었어?"

"네, 다 풀었어요!"

"그래, 정답 맞춰보자."

이소영이 가져온 문제지를 보면서 정답을 체크했다. 모든 지식이 머릿속에 있으므로 답안을 볼 필요는 없다.

"오, 생각보다 많이 맞았네? 점점 성장하는 게 눈에 보여서 기쁘다. 가르치는 맛이 있네."

"엣헴! 제가 안 해서 그렇지, 하면 되게 잘 하거든요?"

"그래, 되게 잘 하는 거 같으니 이번에는 이걸 외워보자."

"자, 잠깐만요! 선생님 너무 스파르타라고요~"

"한두 푼도 아니고, 과외비용이 얼마인데. 받은 이상 널 특목고에 보내는 게 내 목표야."

"그럼 10분만 쉬면 안 돼요?"

"절충해서 5분."

"치, 짠돌이."

"싫으면 마저 문제 풀어."

"누가 싫대요?"

이소영이 후다닥 문제지를 정리하고 침대로 뛰어들었다. 푹신푹신한 감촉. 자는 시간 빼고는 침대에서 쉴 기회가 거의 없었다.

"편하냐?"

"선생님도 누울래요?"

침대 구석으로 이동한 이소영이 어서 오라는 듯 손을 휘저었다.

수면이 부족해서 잠깐 눕고는 싶었지만, 워낙 이 여사가 수시로 방문을 여는 바람에 그럴 수가 없었다. 수업은 안 하고 쉬고 있다는 것보다, 이소영과 한 침대에 누워있는 모습을 보였다가는 꺼림칙한 오해를 받게 되니까.

'요즘 날 바라보는 눈빛이 이상해졌단 말이지.'

마치 사윗감을 바라보는 눈빛이었다.

잠시 후.

휴식이 끝나고 바로 수업을 진행했다.

'다니는 학원이 너무 많은 게 문제인가?'

오늘 과외는 그 동안의 과정을 복습하는 시간이었다. 자주 공부했던 건 대부분 정답이었지만, 그 빈도가 적은 건 여전히 실수가 잦았다.

'특목고 가려면 여기서 몇 십 문제는 더 맞아줘야 할 거 같은데.'

심각해져가는 최창수의 표정을 읽은 이소영이 고개를 푹 숙였다.

"너무 힘들어요……."

세 개의 학원과 한 개의 과외.

중학생이 감당하기에는 버거운 일상 속에서 이소영은 자기 나름대로 최대한 노력하고 있었다.

그 사실을 알고 있기에 타박할 수가 없다.

"특목고 입학시험도 수능처럼 11월 중순이지?"

"네."

"그러고 보니 유형이 어떻게 돼?"

"외고요."

"지망하는 학교는?"

"아름 외국어 고등학교요."

"좋은 곳이냐?"

"다섯 손가락에는 들어요. 근데 선생님은 영어도 잘하시면서 그것도 몰라요?"

"작년까지 내 사전에 공부란 없었거든."

최창수는 팔짱을 두르고 생각에 잠겼다.

'소영이를 합격시키고 싶은데.'

자신이 맡은 역할은 어디까지나 영어 과외뿐이다.

하지만 자신이 가르친 학생이 현실에 주저앉지 않고, 힘들더라도 열심히 노력해서 목표를 손에 쥐었으면 했다.

"지금 다니는 학원 과목이 어떻게 돼?"

"수업하다 말고 왜요?"

"어서 대답해 봐."

"영어는 선생님한테 배우고요. 논술이랑, 수학 과학 종합이랑, 웅변학원도 다니고 있어요."

"웅변학원은 왜?"

"면접 때 실수하면 안 되니까요."

"과연, 그래서 그렇구나."

최창수가 다시 한 번 문제지를 바라봤다. 그리고 이소영의 책상에 놓인 특목고 입시용 참고서를 훑었다.

"소영아. 너 외고 꼭 가고 싶냐?"

"음…… 1학년 때는 엄마 때문에 어쩔 수 없이 목표로 잡았는데, 지금은 투자한 시간이 아까워서라도 가야겠어요."

"그러냐? 오냐, 좋다."

최창수가 참고서를 탁 덮었다.

"내가 너 외고 보내줄게. 나만 믿어라."

· · · ◈ · · ·

역 근처 카페.

저녁시간이라서 한적한 편이었다.

구석자리에서 아메리카노를 홀짝이며 최창수는 누군가를 기다렸다.

'슬슬 오실 때가 됐는데.'

말하기가 무섭게 누군가가 계단을 밟고 2층으로 올라왔다. 주변을 둘러보는 모습. 눈이 마주치자 최창수가 손을 흔들었다.

"오랜만이에요, 선생님. 잘 지내셨어요?"

얼굴을 마주한 사람은 영어 선생이었다.

"나야 늘 똑같지. 방학이라 자율학습하는 학생들의 긴장이 약간 풀어진 게 마음에 걸리더구나."

"하하. 고생이 많으시네요."

"그보다 좋은 타이밍에 연락을 했구나. 선생님도 할 말이 있었거든. 우선 창수 네 용건부터 들어볼까?"

"입시관련으로 상담 받고 싶어서요."

"최강대 말이니? 지금처럼만 하면 충분히 합격할 거라고 이 선생님은 장담할 수 있다."

"그게…… 제 입시가 아니고요."

최창수가 성적표를 꺼냈다.

영어 선생은 말없이 성적표를 받았다.

중학생 치고는 괜찮은 성적. 하지만 썩 훌륭한 편은 아니었다.

어째서 이 성적표를 보여주는 거지?

그 생각이 담긴 표정이 최창수를 향했다

"제가 가르치는 학생인데요. 제가 걔 외고 보낼 거거든요."

"외고를 보내겠다고?"

갑작스러운 최창수의 선언에 당황스러워졌다.

당장 몇 개월 뒤에 최강대 수능을 치를 학생이다.

수십 년을 공부에만 몰두한 학생이 가득한 그곳에서 살아남으려면 절대로 허튼 곳에 시간을 낭비해서는 안 된다.

"물론 제 공부를 소홀히 할 생각은 없어요. 한 번 가르치기 시작한 거 끝을 보고 싶은 욕심 때문에 그래요."

"크흠……."

"선생님은 없으세요? 힘들 걸 알면서도 꼭 해내고 싶었던 거요."

영어 선생의 나이가 몇인데 없겠는가.

하지만 그때마다 자신은 번번이 실패해왔다.

그래서 가급적 최창수에게도 한 가지에만 집중하라 타이르고 싶었다. 문제는 최창수라면 가능할 수도 있다는 생각이 피어오르고 있다는 것.

'창수가 분명히 우수한 학생은 맞아. 내가 교단에서 내려오는 그 날까지, 창수 같은 학생을 다시는 못 만나겠지.'

가방 끈이 짧은 부모일수록 자식의 공부에 더더욱 연연하는 것처럼.

최창수를 통해서 대리만족을 얻고 싶었다.

"네 입시에 지장이 생길지도 모른단다."

"괜찮아요. 어차피 조언이랑 과제거리만 던져줄 생각이거든요. 또 사실 지금부터 여유롭게 공부해도 합격할 자신이 있거든요."

다른 학생이 했다면 헛소리 말고 공부나 하라고 타박했을 그 말.

하지만 최창수였기에 묘하게 믿음이 갔다.

"전 천재잖아요?"

의기양양하게 웃으면서 최창수가 자신의 머리를 두들겼다.

그 모습에서는 약간의 허세도 느껴지지 않았다.

"훗. 그래, 창수 네가 그렇다면 도움을 줘야겠구나. 중학교에 몸 담갔을 때는 제법 많은 학생을 외고로 보냈으니."

"역시 선생님! 믿음직하세요."

"뭐든 물어보거라."

"네."

궁금했던 걸 전부 물어봤다.

대학교가 아닌 고등학교라서 크게 복잡하거나 어려운 건 없었다.

'생각보다 쉽겠는데?'

이소영만 잘 따라온다면 외고 합격은 따놓은 거나 마찬가지였다. 영어 선생이 중요하다 말한 건 전부 다 결정적 도움을 줄 수 있으니까.

"더 궁금한 거 있느냐?"

"아뇨. 이 정도면 충분해요."

"그렇구나. 그럼 이제 선생님이 용건을 꺼내도 되겠느냐?"

"그럼요. 무슨 일이세요?"

"혹시 토마스를 기억하느냐?"

어떻게 그를 잊을 수 있겠는가.

처음으로 회화를 나눈 외국인인데.

"토마스가 강사로 있는 학원 선생 중 한 명이 사고를 당해 당분간 수업을 못한다 하더구나. 엘리트 학생만 다니는 학원이라서 아무 선생이나 고용할 수 없는 곳이라, 일주일만 학원 교단에도 서달라는 부탁을 받았단다."

"네."

"문제는 수업이 하루에 세 번이나 있단다. 학교에서 감독관도 해야 하고, 당직도 서야 해서 도와주기가 영 힘들더구나."

"그래서요?"

"혹시 네가 해 볼 생각 없느냐?"

"……제가요?"

예상치도 못한 대화의 흐름이었다.

"창수 네가 고액과외를 하고 있다고 하니 토마스가 너라도 좋겠다 하더군."

"엘리트만 다니는 학원이라면서요. 다들 제 실력은 되는 거 아니에요?"

"창수 네가 뭘 오해하고 있는 듯 하구나. 아무리 엘리트라도, 네 나이 때 자유자재로 회화를 구사할 수 있는 학생은 없단다."

영어 선생이 최창수의 손을 잡았다.

"주말은 쉬니 5일만 고생하면 된단다. 고급회화 반을 맡으면 되고 수업은 1시간 30분 씩 총 세 번이라 하더구나. 급여는 80만원. 해보겠느냐?"

급여 80만원!

시큰둥하던 최창수의 두 눈이 휘둥그레졌다.

'내가 달에 12번 과외하고 받는 돈이 70만원인데!'

머릿속 계산기가 빠르게 돌아갔다.

수업 횟수랑 시간은 더 많았지만 기간으로 따지면 압도적으로 이득이었다.

"할 게요!"

좋은 경험도 하고, 돈도 벌고.

일석이조였다.

· · · ◈ · · ·

시간은 빠르게 흘러 벌써 월요일이 됐다.

"지금 출발하는 거니?"

아침 6시 30분.

5일 동안 왕복 두 시간 거리를 출퇴근하는 건 힘들 거 같아서 당분간 토마스의 집에서 머무르기로 했다.

주섬주섬 챙긴 가방을 갖고 나가려하자 어머니가 방문을 열고 나오셨다.

"9시부터 수업이래요. 한 시간 일찍 도착해서 이것저것 배울 게 있거든요."

"그렇구나. 어유, 우리 아들이 언제 이렇게 컸지?"

어머니가 최창수의 얼굴을 쓰다듬었다.

"작년까지는 철이 안 들어서 걱정했는데, 이제는 어른이 다 됐네 다 됐어."

"후후, 누구 자식인데요. 이 정도야 당연하죠."

"엄마는 네가 정말 대견하구나. 아버지도 며칠 전 동창회에서 몇 시간 동안 네 자랑했다던데. 동네 사람들도 부러워하고, 아주 복덩이가 됐어."

"이 정도 복으로 만족하면 안 돼요!"

최창수가 지갑에서 2만원을 꺼냈다.

"앞으로 더 큰 복을 갖고 올 거거든요."

"얘는, 됐다. 아직 너한테 용돈 받을 만큼 안 늙었어."

"제가 드리고 싶어서 드리는 거예요. 요즘 장사 잘 안 되잖아요?"

치킨집을 운영하는 부모님.

초기에는 벌이가 짭짤했지만 맞은편에 프랜차이즈가 생기면서 몇 년 째 고전 중이다.

다행히도 단골이 많아 적자는 아니라서 계속 유지 중이지만, 언제 가게를 정리해도 이상하지 않다.

"최강대 합격하면 여유 생기니까, 그때부터 일손 도와드릴게요."

어머니의 손에 억지로 돈을 쥐어드리고 밖으로 나갔다.

여름이지만 새벽 공기는 쌀쌀했다.

익숙한 길거리.

사람이라고는 찾아보기 힘들어 어딘가 신선한 느낌이다.

역에 도착한 최창수는 때마침 들어온 청량리 행 지하철에 올랐다. 아무도 없을 거라 생각한 것과 달리, 벌써부터 지하철에는 직장인이 제법 있었다.

다행히도 빈자리가 있어 바로 엉덩이를 붙였다.

'앞으로 일주일 간 타지에서 생활하는 건가.'

자유분방하게 살았지만, 성인이 되기 전까지 잠은 꼭 집에서 자라는 아버지의 엄령에 따라 수학여행 때를 제외하고는 밖에서 눈을 감아본 적이 없다.

'설레는데!'

공부 밖에 없던 올해.

드디어 재밌는 일이 찾아온 기분이었다.

잠시 후.

수원역에 도착한 최창수는 토마스에게 전화를 걸었다.

마중을 나오겠다는 그의 말이 있었기 때문이다.

"네, 토마스. 저 최창수에요. 도착했는데 어디로 가면 될까요?"

"오, 마이 프렌드 창수! 내가 차 끌고 갈 테니까 AK프라자 정문에서 기다려요."

"오케이."

전화를 끊고 바로 AK프라자 정문으로 이동했다.

휴대폰을 만지작거리고 있자 저 멀리서 외침이 들렸다.

토마스였다.

"오랜만입니다, 창수 학생! 부탁을 들어줘서 정말 감사합니다!"

"주급이 짭짤하니 저야 고맙죠! 근데…… 평소에는 한국어 쓰시네요?"

"하하! 한국에 온 지 5년이 넘었습니다. 이제는 한국어가 제고향의 언어 같습니다. 수업 때 말고는 영어 잘 안 씁니다."

"그렇군요."

5년이나 있던 거 치고는 발음이 조금 어눌하고, 어미가 전부 니다인 게 마음에 걸렸지만 토마스의 개성이라 생각하고 넘어가기로 했다.

토마스의 차를 타고 15분 정도 이동.

A&T영어 학원이라는 간판이 달린 거대한 건물이 최창수를 반겼다.

'5층 건물을 혼자 다 쓰는 건가? 괜히 엘리트 학원이 아니네.'

학원 건물로 들어가는 학생이 시야에 들어왔다.

어딘지 모르게 귀품이 넘친다.

"하하! 너무 부담 갖지 마십시오. 창수 학생이랑 동갑 아니면 후배입니다. 또, 학원 수강생들에게는 최강대학교 학생이라 말해뒀으니 걱정할 거 없습니다."

"그래요?"

"마음 편하게. 창수 학생의 전력만 보이면 됩니다."

호탕하게 웃으며 토마스가 건물로 들어갔다. 바로 그 뒤를 쫓았고, 3층 학원장실에 도착해서야 걸음을 멈출 수 있었다.

"이 학생이 토마스 강사님이 말한 그 학생인가요?"

"안녕하세요. 최창수입니다."

"반가워요, 학원장인 박명촌이라 해요."

불룩 튀어나온 배와 정수리만 까진 대머리.

첫 인상은 탐욕스러워 보였다.

"흐음."

악수를 나누자 박명촌이 마치 감정을 하는 눈빛으로 최 창수를 바라봤다.

'물건은 아닌 거 같은데.'

이 학원에서 가장 실력이 좋은 토마스의 추천이고, 당장 투입시킬 강사가 부족해서 제안은 받아들였지만 첫 인상이 영 만족스럽지 않다.

'실력을 한 번 볼까?'

박명촌이 입을 열었다.

"우리 학원은 엘리트 학원이에요. 전교 10등에서 벗어난 적이 없는 학생만 다니고, 학원 자체 테스트를 통과하지 못하면 등록도 못하죠. 그런 학생을 상대로 무리 없이 수업을 진행할 수 있겠어요? 아무리 사소한 실수라도 학원에 큰 타격이 됩니다."

유창하게 튀어나오는 영어.

일반 학생이었다면 절반도 못 알아듣고 공황상태에 빠졌을 상황.

"실수하면 무일푼으로 일할게요."

하지만 최창수는 자연스럽게 대답을 했다.

"기본은 하는 거 같군요. 좋습니다. 수업 방식을 알려드리죠. 따라오세요."

박명촌이 S-2라 적힌 교실에 들어갔다.

"최창수 강사님이 수업을 진행하실 교실은 여깁니다. 학생의 수준에 따라 S부터 C까지 나뉘고, 숫자로 다시 한 번 나누죠. 학원에서 두 번째로 유능한 학생들만 있는 곳이라 생각하면 됩니다."

"네."

"들으셨는지 모르겠지만 수업은 1시간 30분 진행 후 1시간의 휴식이 있습니다. 이 시간 때는 뭘 하셔도 좋아요."

"수업은 어떤 식으로 진행하면 되죠?"

"우선 수업 시간 내내 영어만 사용하는 건 기본입니다. S-2반에서는 보통 국내외 시사를 주제로 토론을 나누죠. 그 외 수업방식은 수준만 낮지 않다면 뭐든 좋습니다."

"네, 알겠어요."

어떤 식으로 수업을 진행할 지 감이 잡혔다.

"아, 그런데 학생들에게는 꼭 대학생이라고 속여야 하나요? 사실대로 말하고 싶은데……. 마음이 불편하거든요."

"안 돼요. 동갑이 자기를 가르친다고 하면 누구는 학습 의욕이 확 꺾일 테고, 누구는 반발할 게 분명합니다."

"으음, 네······."

"30분 후면 수업 시작이군요. 미국 시사 신문을 두고 갈 테니 한 번 읽어보세요."

박명촌이 교실에서 나가려고 했다.

그때, 뭔가 떠올랐는지 고개를 돌렸다.

"참. 혹시나 수업에 못 따라오는 학생이 있다면 가차 없이 버리고 제게 말해주세요."

"왜요?"

"수준이 안 맞는 학생은 강등시켜야 하니까요."

탁.

박명촌이 모습을 감췄다.

교실에는 최창수와 토마스만 남게 됐다.

"뭔가······ 되게 살벌하네요?"

"하하······. 학원장님은 뚜렷한 교육방침이 있는 분이십니다."

토마스가 최창수의 어깨를 두들겼다.

"첫 날이니 너무 무리하지 말고 쉬엄쉬엄하면서 수업과 학생의 분위기를 읽어보십시오. 저녁은 제가 맛있는 거 사겠습니다."

"네, 열심히 해볼게요."

토마스가 나가고, 최창수는 교단에 올라섰다.

'크, 기분 좋은데?'

선생님이랑 말을 들었을 때도, 강사님이란 말을 들었을 때도.

상대방으로부터 존중받고 인정받는 기분이 들었다.

'선생이 천직인가.'

본의 아니게 진로를 하나 발견하게 됐다.

학생이 오기 전까지 최창수는 시사 신문을 읽기로 했다.

'음⋯⋯. 조금 난해하네. 이게 정말로 사회에 나가서 도움이 될까?'

예전부터 생각했다.

대한민국은 사회에 나가서 큰 도움이 안 되는 것만 가르친다고.

수능을 준비하면서도 든 그 생각은 시사 신문을 읽으면서 더욱 확고해졌다.

'대기업에 취직해서 상사랑 영어로 시사 얘기 할 것도 아니면서.'

이 수업방식은 이해는 안 됐지만 우선은 학생을 가르치려면 지식을 습득해야 했다. 느낌 상, 자기보다 모자라다 생각하면 금방 무시당할 거 같았으니까.

수업시간이 가까워지자 교실 빈자리가 하나 둘 채워졌다.

말로만 다른 강사가 올 거라 들은 수강생들은 동물원 원숭이라도 보는 눈빛으로 최창수를 바라봤다.

'수업 시작 전에 가볍게 인사부터 하자.'

수업 시작 3분 전.

어떤 식으로 인사를 해야 좋은 인상을 심어줄까 고민하고 있자.

드르륵.

익숙한 얼굴이 교실에 들어왔다.

"안녕하세요."

교실에 들어오면 가장 먼저 강사에게 인사부터 하는 지. 그가 활기차게 웃으며 말했다.

가식적인 그 표정을 보며 최창수가 중얼거렸다.

"네가 왜……?"

교실에 들어온 수강생.

다름 아닌 구자용이었다.

"최창수……?"

분명히 초면이어야 할 강사와 수강생.

게다가 강사는 대학생이건만, 마치 친구처럼 강사의 이름을 부르자 주변을 소란스러워졌다.

그 소란스러움에는 늘 상냥하고 친절하던 구자용의 일그러진 얼굴을 봤다는 이유도 섞여 있었다.

분위기가 이상해지자 구자용이 잠시 따라오라는 듯 밖으로 나갔다. 그에 응한 최창수는 잠시만 기다리라 말하고 그 뒤를 따랐다.

4층으로 향하는 계단.

수업이 시작해서 오가는 수강생은 전혀 없었다.

"네가 왜 여기 있어?"

서로 간에 흐르는 싸늘한 분위기를 먼저 깨트리는 건 최창수였다.

"그건 내가 할 말이다. 새 강사가 왔다더니, 그게 너라고? 좋은 학원이라고 부모님이 강요해서 왔건만, 이제 보니 막장의 끝을 달리는 곳이었군."

"그러게. 널 수강생으로 받은 걸 보면, 썩 좋은 곳은 아닌 거 같다."

"뭐라고?!"

구자용이 버럭 언성을 높였다.

"최창수…… 무슨 빽으로 강사가 된지는 몰라도 우쭐거리지 마라."

"빽은 내가 아니라 네가 쓰는 거지. 네 아버지 힘 빌려서 1등하니까 좋냐?"

"그걸……."

"그걸 어떻게 알았냐고? 네 아버지만 아니었다면 압도적으로 내가 1등이었다고 서형문 교수가 말해주더라."

가슴을 찌르는 비수 같은 한 마디.

분명히 자신이 앞서고 있던, 어느 순간 무서운 속도로 좁혀지다가 끝내 추월당하고 만 최창수하고의 격차가 더욱 벌어진 걸 느꼈다.

"구자용, 네가 아무리 아버지 그늘에 숨어봤자 그건 네 능력이 아냐. 네 능력은 수강생에 불과하고, 내 능력은 강사 수준이지. 수업 때 방해만 하지 마라.

그 말만 남기고 최창수가 교실로 들어갔다.

덩그러니 남은 구자용.

고개를 숙이고 몸을 사시나무처럼 떨었다.

'개자식…… 감히 날 무시해?!'

학원을 다니기 시작한 지 2주.

당장 그만두고 싶었다.

'저 새끼 밑에서 배우라니! 절대 자존심이 용서 못 해!'

계단을 내려가 곧장 천안으로 돌아가려 했다.

2층에 도착했을 때 두 발이 멈췄다.

'아버지에게는…… 뭐라 설명하지?'

이 학원은 아버지가 보낸 곳이다.

아버지의 말씀은 절대적.

거역하면 현재 받고 있는 지원이 줄어들 게 분명하다. 패널티를 감수하더라도, 거역한 후에 결과가 나쁘면 감당하기 힘든 피해가 돌아온다,

"젠장……."

결국 교실로 발을 돌려야만 했다.

"구자용 학생."

문을 열기가 무섭게 최창수가 자신을 호명했다.

"화장실은 잘 갔다 오셨습니까? 장이 많이 안 좋다면서요. 아까 보니까 화장실에 휴지가 없어서 제가 채워놨습니

다."

주변에서 터지는 웃음소리.

얼굴이 붉어진 구자용은 2주 간 학원에서 쌓은 이미지 때문에 울며 겨자 먹기로 감사인사를 하게 됐다.

"자, 구자용 학생도 왔겠다. 자기소개를 하겠습니다. 저는 이번 주만 여러분과 함께 수업을 진행할 최창수라고 합니다. 최강 대학교 영어영문학과에 재학 중입니다."

대학교를 밝히자 수강생들이 엄청난 관심을 보였다.

이 중 대다수가 최강대를 목표로 하고 있으니까.

"최강대는 어떻게 하면 갈 수 있어요?"

"선생님은 고등학교 때 전교 몇 등이셨어요?"

폭풍처럼 쏟아지는 질문.

최창수는 인상 좋게 웃었다.

"열심히 공부하면 됩니다."

하나 같이 그걸 누가 모르냐는 표정이 됐다.

그들이 듣고 싶은 건 입시에 도움이 되는 조언이었다.

'가봐야 알지.'

편법 말고, 자신의 실력으로 목표를 쟁취하라 말하고 바로 수업을 시작했다.

"이번 수업 주제는 최근에 정해진 최저임금 인상. 그리고 며칠 후에 있을 광복 70주년으로 하겠습니다. 먼저 제 의견을 말할 테니 그 다음 여러분들의 생각을 자유로이 말해주세요."

유창하게 터져 나오는 회화.

눈을 감으면 바로 앞에 외국인이 있다는 착각마저 들 정도의 그 실력에 수강생들은 괜히 최강대생이 아니구나 싶었다.

최창수는 자신의 생각을 털어놨다.

"이제 여러분의 생각을 들려주세요."

학생들의 의견까지 빼앗지 않으려고 가장 기본적인 얘기만 했다.

총 서른 명의 학생.

역시 있는 집에서 자신감 넘치게 자라서 그런 지 대다수가 각자의 의견을 영어로 발표했다.

하지만 실력은 구자용보다 조금 못한 수준.

틀린 단어를 사용하거나, 발음이 어눌하거나, 말을 하다가 갑자기 생각에 잠겨 한참 후에야 말을 잇는 경우도 여럿 있었다.

'배워봤자 고등학생 수준이라는 건가?'

새삼 자신이 대단하다는 걸 깨달았다.

최창수는 일일이 학생들의 잘못된 점을 교정해줬다.

잘못된 점을 깨닫고, 새로운 지식을 얻는 건 분명히 좋은 일이건만.

어째서 인지 학생들은 달가워하지 않았다.

"선생님, 나중에 따로 질문할 테니까 안 그러시면 안 돼요?"

"왜?"

"그게…… 창피하잖아요. 자신 있게 대답했는데 틀린 부분이 있으면……."

한 학생의 말.

최창수는 모두 들으라는 듯 큰소리로 말했다.

"잘 들어. 모르는 것도 실수하는 것도 창피한 게 아니다. 모르면서, 실수했으면서도 맞는 척 아는 척 하는 게 창피한 거야."

안 그래도 차게 식던 분위기가 더욱 냉랭해졌다.

"너희들 이 학원에서 두 번째로 뛰어나다면서. 첫 번째가 되고 싶지 않냐? 1등이 되고 싶지 않냐고."

"되, 되고 싶어요……."

"그럼 모르는 게 있어도 자존심 내세워서 넘어가지 말고, 꼭 물어봐라. 당장은 창피해도 나중에 큰 도움이 되니까. 다시 수업 시작하자."

알아들은 학생은 주눅이 들고, 반대인 학생은 왜 그러냐고 옆자리 친구에게 물어봐 주눅이 들었다.

수업은 다시 진행됐다.

다들 성적은 좋았지만 역사에 관한 지식은 거의 전무해서 광복 70주년 문제로는 활발한 토론을 이끌어가지 못했다.

최저임금 문제 또한.

흙수저의 색을 천천히 탈바꿈 시키고 있는 최창수와 달리, 애초부터 금수저로 태어났고 대학교 졸업 후 취직할 자리가 벌써부터 정해졌거나, 아니면 굳이 일하지 않아도 부모의 재산으로 살 수 있는 학생이 대다수라서 다들 8.1%면 많이 올려준 게 아니냐고 물었다.

"야, 만약 너희가 직접 등록금을 벌어야 할 날이 오면 어쩌려고?"

"그런 날이 왜 와요?"

"……하긴, 안 오겠네."

수업은 여기서 마무리 됐다.

"하아!"

학생이 전부 나가기가 무섭게 최창수가 바닥에 앉았다.

'생각보다 힘드네.'

이소영을 가르칠 때하고는 차원이 달랐다.

수업 난이도도, 학생의 수도.

'그래도 얕잡아 보이지는 않아서 다행이네.'

학교생활을 하면서, 머리가 좋거나 집안이 좋은 놈들은 꼭 짜증날 정도로 자신감이 넘치고 타인을 무시하는 경향을 보였다.

구자용도 그 중 마찬가지.

'그 녀석…… 오늘은 얌전했지. 언제 비열한 짓을 할지는 모르겠지만.'

구자용과 자신.

질긴 악연으로 이어진 사이였다.

· · · ◆ · · ·

드디어 퇴근시간이 됐다.

"오늘 수고 많았습니다, 창수 학생."

밖에서 잠시 기다리고 있자 토마스가 나왔다.

"첫 수업은 어땠습니까? 학생들 평가가 약간 갈리던데."

"제 능력껏 했다고 봐요. 근데 뭐래요?"

"너무 오지랖이 넓다는 학생도 있었고, 부족한 부분을 바로 바로 채워줘서 좋다는 학생도 있었습니다."

"그게 오지랖으로 느껴졌대요? 흠……."

비록 일주일 한정 강사지만, 최대한 학생들에게 도움이 되고 싶었고 좋은 인상을 유지하고 싶었다.

"너무 신경 쓰지 마십시오! 자기가 잘난 줄 아는 학생이 많은 학원입니다. 칭찬이 있었다는 것만으로도 훌륭합니다."

"네."

"그보다 오늘 저녁은 뭐로 하겠습니까? 제가 쏩니다!"

"치킨이요!"

"오우, 치킨! 좋아요, 좋아! 아. 그런데 식사에 한 사람 더 초대해도 괜찮겠습니까?"

"상관없는데, 누군데요?"

그 질문에 토마스가 세상을 다 가진 표정이 됐다.

"제 여자 친구입니다!"

토마스의 여자 친구.

어떤 사람일지 궁금했다.

'분명히 아이유를 닮았다 했지?'

예쁜 여자, 귀여운 여자.

남자로서 보기 싫을 리가 없다.

수원역 먹자골목에 위치한 오븐에 빠트릴 뻔한 닭.

줄여서 오빠닭에서 치킨을 먹기로 했다.

'이 시간에 도서관 말고 다른 곳에 있다니. 이게 신선하게 느껴진다니…… 나도 수험생 다 됐네.'

두 사람은 순살 양념치킨을 주문했다.

그것도 아주 매운 맛으로!

"매운 데 괜찮아요?"

"저 매운 거 아주 좋아합니다! 불닭볶음면도 잘 먹습니다!"

아무래도 입맛은 현지화 된 모양이었다.

잠시 후.

먹음직스러운 양념치킨이 테이블에 놓였다. 덤으로 두 잔의 맥주까지.

"엉? 두 잔이나 드시게요?"

"오우, 노! 한 잔은 창수 학생 겁니다!"

"……저 아직 미성년자인데요?"

"어른의 지도하에 마시는 건 문제없습니다! 외국에서는 중학생도 부모와 함께 술을 마십니다!"

토마스가 건배를 하자며 잔을 건넸다.

"그, 그럼."

조심스레 건배를 했다.

바로 술을 마시지 않고, 토마스를 바라봤다.

건배를 하기가 무섭게 500cc맥주를 원샷하는 남자다운 모습!

다 마시고 키야, 하는 소리까지.

정말 행복해보였다.

'그래, 어차피 몇 개월 후면 성인인데!'

어차피 자신과 토마스 사이에 일. 사고만 안 저지르면 부모님 귀에 들어가지 않는다.

벌컥벌컥.

생에 처음으로 술을 마셔봤다.

목을 간질이는 탄산과 약간의 쓴 맛.

묘했지만 생각보다 맛있었다.

맥주 한 모금을 마시고, 치킨을 먹어봤다.

'이 맛은!'

맥주의 쓴맛을 지워주는 치킨의 매콤함!

'이래서 치맥치맥 하는 구나.'

치콜이었던 치킨 인생이 바뀌는 순간이었다.

두 사람은 이런저런 얘기를 주고받으며 치맥을 즐겼다.

주된 얘기는 외국생활!

세계여행 전 최대한 사전정보를 모으고 싶었다.

우우웅.

한참 애기가 달아오르던 찰나!

토마스의 휴대폰이 진동했다.

"오우, 수지? 근처인데 길을 모르겠다고? 금방 갈 테니까 기다려~"

"여자 친구인가요?"

"네, 그렇습니다! 금방 데려올 테니 기다리고 계십시오!"

토마스가 가게 밖으로 뛰쳐나갔다.

'즐거워 보이네.'

홀로 남은 최창수는 토마스의 여자 친구를 상상해봤다.

귀여운 이미지의 연예인, 그리고 학창생활을 하면서 만났던 귀여운 학우가 사라락 지나갔다.

잠시 후.

가게 정문이 열리고 토마스가 들어왔다.

그 뒤를 졸졸 따라오는 한 여성.

여자 친구와 손을 꼭 잡은 토마스가 세상을 다 가진 표정으로 말했다.

"창수 학생! 얘가 바로 제 여자 친구입니다!"

"안녕하세요, 한수지예요. 오빠한테 애기 많이 들었어요."

싱긋 웃는 한수지.

토끼처럼 작고 귀여운 인상이었다.

'이 사람이 여자 친구라고?'

토마스는 영어 선생과 동갑인 34살이다. 그래서 여자 친구도 그와 비슷하거나 몇 살 정도 더 어릴 줄 알았다.

하지만 한수지는 몇 살 어리다는 느낌이 아니었다.

교복만 입혀 놓으면 자신과 동갑으로 보일 만큼 앳됐다.

"반가워요, 최창수라고 해요. 일주일 간 토마스 씨한테 신세를 지게 됐네요."

"제 오빠 잘 부탁드려요. 아침잠이 약해서 종종 지각하니까, 창수 씨가 좀 깨워주세요."

"그 정도야 문제없죠. 그런데…… 실례지만 나이가?"

질문을 하면서 토마스가 건넨 맥주잔을 받아 한모금 삼켰다.

"고등학교 3학년이요!"

"푸읍!"

그리고 입과 코로 분수쇼를 선보였다.

"헉! 괜찮으세요?"

"아. 괘, 괜찮아요. 그런데 며, 몇 살이라고요?"

"19살이요! 창수 씨랑 동갑! 친구인데 그냥 말 편하게 할까요?"

해맑게 웃는 한수지.

시선이 저절로 토마스를 향했다.

"오우, 오해하지 마십시오! 전 절대 도둑놈이 아닙니다!"

"맞아요! 고백도 제가 먼저하고, 결혼을 전제로 사귀자고도 제가 말했는걸요?"

한수지가 토마스와 팔짱을 둘렀다.

방금 전까지 동안커플로 보였던 행복한 두 쌍.

지금은 아버지와 딸로 보였다.

"하하……."

이 세상에는 여러 형태의 사랑이 존재한다.

어떻게든 그런 식으로 이해하기로 했다.

한수지는 딱 요즘 여고생이란 느낌이 강했다. 활발하고,
말이 많고, 또 겁이 없었다.

"잘 봐요. 오빠한테 배운 건데, 수저로 맥주병 따기에
요!"

퐁!

현란한 손동작 한 번에 맥주 뚜껑이 하늘로 치솟아 올랐
다. 그리고 그 뚜껑이 한수지의 턱을 강타했다.

"아파라!"

하지만 활기차게 넘어갈 뿐이었다.

세 사람은 마치 오늘이 마지막인 것처럼 신나게 놀았고,
시간은 순식간에 11시가 됐다.

'끄윽. 너무 마셨나?'

그가 비운 500cc 잔만 벌써 여섯 개.

취해서 비틀거리는 발걸음으로 바깥에 나갔다. 상쾌한
저녁 공기를 쐬자 머리가 조금이나마 맑아졌다.

"취했니?"

가게 정문.

운수
대통령

바로 옆에 있는 작은 계단에 앉아있자 한수지가 나왔다.

어쩌다 보니 말을 놓기로 한 두 사람.

편하게 대답하기로 했다.

"하나도 안 취했어. 좀 알딸딸할 뿐!"

"오빠도 안 취했다면서 만날 그러더라!"

키킥 웃으면서 한수지가 바로 옆에 앉았다.

"공부 잘 한다면서? 오빠가 한국에 와서 엄청난 학생을 만났다고 좋아했어."

"그래? 흠…… 남들보다는 뛰어나지."

"올, 자신감 넘치는데? 하긴! 그러니까 칭찬에 인색한 오빠가 네 얘기를 하면서 흥분했겠지."

한수지가 히히 웃었다.

"너. 토마스 씨를 되게 좋아하나 보다?"

"응! 능력도 있고, 외모도 내 취향이고, 마음씨도 착하고! 학원에서 처음 보는 순간 이 사람이다 싶었어!"

"학원? 너도 A&T학원 다녀?"

"아니. 오빠가 3년 전에 강사로 있었던 학원이 있어. 거기서 처음 만났어."

3년 전이면 한수지라 중학교 3학년 때다.

"내가 너무 어려서 오빠가 거절했지만. 계속 고백하니 받아주더라! 지금은 양가 집안끼리 인사도 한 사이야!"

"이야…… 그건 좀 대단한데?"

내년이면 성인이 될 나이.

보통은 앞으로의 미래를 고민하며 힘겨워 할 시기다.

최창수 역시 나중에 뭘 할지 간혹 깊은 생각에 빠지고는
했다.

지금의 자신이라면.

뭘 해도 잘 할 거 같아서 그리 오래가지는 않지만.

"졸업하면 바로 결혼식을 올릴 생각이야! 나이는 어려도
3년 가까이 사귀었으니까!"

"후회 안 해?"

"뭘?"

"우리는 아직 젊잖아. 좀 더 많은 경험이 가능한데. 한
남자에게 인생을 다 바치는 게."

그 말에.

"후회를 왜 해?"

정말 궁금하다는 듯 한수지가 물어왔다.

"내가 결정한 일인 걸? 서로 좋으려고 진지하게 의논해
서 내린 답이고. 나도, 오빠도, 절대 후회하지 않아."

확신이 담긴 그 목소리.

할 말이 쏙 들어갔다.

'자기가 결정한 일에 후회하지 않는다라.'

지금까지의 인생을 되돌아봤다.

후회스러웠던 일이 제법 있었다.

뒤늦게 후회해봤자 소용없다는 걸 알면서도 그때 이런
선택을 했으면 더 좋지 않았을까 생각을 해왔다.

최창수는 깨달음을 얻은 표정이 됐다.

$$\cdots\diamond\cdots$$

새벽 2시.

술자리를 끝낸 최창수는 바로 토마스의 집으로 왔다.

남자 혼자 사는 것치고는 깨끗한 토마스의 집.

나이가 있어서 먼저 자겠다는 토마스를 뒤로 하고, 최창수는 책상 앞에 앉아서 생각을 정리하고 있었다.

'어떻게 하면 더 좋은 수업을 진행할 수 있을까?'

토마스는 지금도 충분히 잘하고 있다 말했지만, 여기서 만족할 최창수가 아니다.

이왕 하는 김에 완벽하게!

비록 일주일 단기 강사지만, 마지막에는 진심어린 미소로 모두와 헤어지고 싶었다.

'대놓고 앞에서 문제를 지적한 게 실수였을까?'

어떻게 하면 호감을 주면서도 그들을 도울 수 있을까?

20분 후, 그 방법이 떠올랐다.

다음 날.

수업을 진행하던 최창수는 학생들을 유심히 살폈다.

'쟤는 여기서 자주 실수하네. 저 학생은 너무 어려운 단어를 쓰는 거 같고.'

최창수는 미리 준비해 온 포스트잇을 꺼냈다.

수업이 끝나고.

"잠시만 자리에 남아 봐."

최창수는 학생 한 명 한 명에게 포스트잇을 건넸다.

그곳에 적혀 있는 건 실수한 부분과 개선해갈 방향. 그리고 노력의 원동이 될 칭찬이었다.

"오늘도 다들 수고 많았다. 이제 돌아가도 좋아."

포스트잇 때문에 어리둥절한 학생들.

하지만 돌아가는 길에 저도 모르게 화제에 최창수를 올리게 됐다.

"새로 오신 강사님 괜찮지 않냐?"

"응. 첫날에는 좀 꼰대 같았는데, 오늘 포스트잇 나눠준 거 보니까 괜찮더라. 난 지적보다 칭찬이 더 많았어."

"정말? 부럽다. 난 지적이 더 많았는데."

"그래도 칭찬 받으니까 좋지 않냐? 또 다른 강사들은 우리가 모르면 완전 낙오자 취급하잖아."

"맞아! 근데 창수 강사님은 뭐랄까…… 정말 우리를 위해주는 느낌?"

"오랜만에 괜찮은 강사님 온 거 같다."

학생들이 왁자지껄 떠들면서 계단을 내려갔다.

그리고 그 대화를 들은 구자용.

'저 새끼가 좋다고? 다들 미쳤어!'

이를 빠득빠득 갈면서 포스트잇을 바라봤다.

〈넌 너무 어려운 단어를 쓰더라. 별로 안 유식해보이니

244 운수
대통령

까 좀 더 쉽고 직관적인 단어를 써 봐. 그래도 실력은 영어 말하기 대회보다 좋아졌더라? 많이 노력했나 봐. 보기 좋다.〉

최창수 주제에 자신을 지적한 것도 마음에 안 들었지만, 그보다 더 기분 나쁜 건 마지막에 있는 칭찬이었다.

마치 자신의 머리꼭대기에서 내려다보며 동정하는 느낌.

겨우 억누르고 있던 분노가 뛰쳐나올 것만 같았다.

'열등생 주제에 감히 내게 모욕을 주다니! 최창수······ 반드시 엿 먹여주마!'

· · · ◈ · · ·

학원 5일차.

최창수의 주가는 나날이 오르고 있었다.

"강사님! 방금 뭐라고 하신 거예요?"

"모르는 부분이 있는데 수업 끝나고 개인적으로 알려주세요!"

"강사님! 저랑 점심 먹어요!"

맨 처음에는 최창수를 꼰대라 생각했던 학생들.

이제는 완전히 그에게 매료된 상태였다.

"모르는 거 있으면 바로 물어보고! 점심은 3시까지 기다릴 수 있으면 먹자!"

단순히 수업만 진행 잘 했다면 다른 강사와 똑같다는 평가를 받았을 거다.

하지만 최창수는 진심으로 학생을 생각했다.

최대한 도움을 주고 싶어서 포스트잇에 장단점을 적어 줬고, 오늘은 번거롭게 그러지 말고 그냥 직설적으로 말해 달라는 얘기까지 들었다.

그뿐만이 아니었다.

한 번만 더 실수하면 S-3반으로 강등되는 학생들.

그들의 실수를 덮어주고 성적이 향상되게 조언도 해줬다.

S-1반으로 올라가면 올라갔지. 더 이상 S-2반에 강등이 두려운 학생은 한 명도 존재하지 않았다.

누구도 싫어할 수 없는 사람.

최창수는 점점 그런 사람으로 변해가는 중이었다.

두 번째 수업이 시작될 때까지 눈을 붙이려고, 쉼터인 강사실에 들어갔다.

그곳에 박명촌이 있었다.

"최창수 강사님."

"아, 원장님. 어쩐 일이세요?"

"궁금한 게 있어서요. 수업, 이제 하루 남으셨죠?"

"네. 내일이 마지막입니다."

"전 강사님들의 수업을 본 적이 없어서 어떤 식으로 학생을 가르치는지는 몰라요. 최창수 강사님의 수업도 마찬가지죠. 그래서 궁금하군요. 대체 어떤 수업을 진행하셨기에 학생들의 성적이 갑자기 상승했죠?"

A&T학원은 한 달에 한 번씩 영어 모의고사를 치른다.

수준은 해당 반보다 한 단계 높은 반에서 배우는 수준.

S-2반은 S-1반 수준의 모의고사를 치렀다.

70점 미만이면 1차 경고.

60점 미만이면 무조건 강등되는 시스템이었다.

강등되면 같은 학생으로부터 무시를 받고, 다시 원래의 반으로 돌아가려면 두 번의 모의고사에서 70점 이상의 점수를 받아야 했다.

두 달 동안 무시를 받는다.

돌아가려면 두 달이나 소요된다.

그것 때문에 학생들은 늘 모의고사에 전력을 다했다.

예상대로였다면 이번에 S-3반으로 강등될 학생이 다섯. S-2반으로 올라갈 학생이 셋이었다.

하지만 최창수는 단 한명의 학생도 강등시키지 않았고, 덕분에 S-2반의 학생이 세 명이나 늘어나게 됐다.

"설마 시험지를 유출한 건 아니겠죠?"

"하하! 설마요. 그건 진심으로 학생을 위한 일이 아니란 걸 잘 알아요. 그냥 학생들에게 저번 달 모의고사 시험지를 갖고 오라 말했어요. 그걸 보고, 부족한 점을 알려줘 그 부분을 중점으로 공부해라 했고요."

"단지 그것뿐인가요?"

"네. 자신의 부족함을 모르면 다음에 또 실수하기 마련이니까요. 전 그 부분을 채워줬을 뿐이에요."

"허……."

믿기지 않는 말이었지만, 실제로 그걸 해낸 사나이가 앞에 있다.

"뭐, 좋아요. 내일 수업도 문제없이 마무리 해주세요. 좋은 소식이 있을 지도 모릅니다."

박명촌이 원장실로 돌아갔다.

'좋은 소식이라고? 일당이라도 더 주려는 건가?'

급여를 받으면 전부 저축할 생각이었다. 하지만 만약에 추가금을 받는다면, 그 돈은 고생한 자신을 위해 쓰기로 했다.

잠깐 눈을 붙였을 뿐인데 벌써 다음 수업 시간이 됐다.

부랴부랴 몸을 일으킨 최창수는 급하게 교실로 달려갔다.

"다들 안녕. 나 지각 안 했지?"

"딱 맞춰 오셨어요."

어제.

너무 깊게 잠드는 바람에 5분 정도 수업에 지각했지만, 10분 일찍 끝내는 걸로 원장에게 비밀로 할 수 있었다.

"자, 그럼 출석 부른다."

한 명 한 명 이름을 불렀다.

그리고 한 명이 비는 걸 알았다.

"음. 구자용이 없네? 누구 아는 사람?"

"잘 모르겠어요."

"그래? 천천히 오겠지. 수업 시작한다."

"잠깐만요, 선생님!"

학생 한 명이 손을 번쩍 들었다.

"저 어제 일 있어서 못 왔거든요. 그래서 모의고사 못 봤는데 어떡해요?"

"저도요!"

"어제 시험 못 본 애들이 너희였구나. 기다려 봐. 시험지 금방 갖고 올 테니까, 로비에서 따로 시험보자."

최창수는 바로 강사실로 돌아갔다.

그리고 손잡이를 돌렸는데.

'어? 내가 문을 제대로 안 닫았나?'

시험지 유출 및 기타 문제를 예방하기 위해서 강사실 문은 늘 꽉 닫아야 한다. 학생들은 절대로 출입하면 안 되고.

적발 시 가차 없이 부모에게 통보 후 학원을 그만두는 게 방침이다.

'허겁지겁 나오느라 못 닫았나보네.'

그렇게 생각하며 자신의 책상 서랍을 열었다.

"……왜 없지?"

준비됐던 시험지는 정확히 백 장.

어제 못 온 학생들 때문에 열 장이 남아있었어야 한다. 하지만 책상 서랍을 아무리 뒤져도 시험지가 보이지 않는다.

다른 곳에 뒀을지도 몰라 서랍 이외에 곳에 살펴봤지만 없는 건 마찬가지다.

'이럴 리가 없는데.'

좀 더 찾아보고 싶지만 그랬다가는 수업시간이 줄어든다.

어쩔 수 없이 컴퓨터를 실행해 시험지를 다시 출력하려고 했다.

하지만.

"대체 뭐야?"

시험지 폴더가 텅텅 비어 있었다. 휴지통도 마찬가지인 상황.

이상한 건 이번 달 시험지 파일만 없다는 거였다.

'아, 누구한테 물어볼 수도 없고.'

아무래도 깨질 걸 각오하고 원장에게 시험지 파일을 요구해야만 할 거 같았다.

"선생님, 언제 돼요?"

"잠깐만 기다려."

최창수는 바로 원장실로 달려갔다.

그리고 설상가상을 몸소 체험했다.

"하필 이럴 때 부재중이냐……."

혹시 몰라 손잡이를 돌리자 역시나 잠겨 있었다.

'흠…… 까짓것 내가 만들자.'

어차피 이 학생들은 기존의 문제를 모른다. 시험지는 전부 걷으니, 양식만 맞추면 들킬 일은 없다.

다행히도 어제 시험지의 문제는 얼추 기억하고 있다. 일일이 채점하느라, 이 문제는 왜 틀렸는지 알려주려고 몇 시간이고 시험지를 봤으니까.

컴퓨터 앞에 앉은 최창수는 S-1반의 시험지를 참고하며 시험지를 만들었다.

다행히 문항 자체는 적었기에 완성까지 15분밖에 걸리지 않았다.

"자, 여기. 휴대폰 내고 로비에서 풀어. 다 풀면 교실로 들어오고."

"네."

한 명 한 명 휴대폰을 걷었다.

그때.

"선생님."

익숙한 목소리가 들렸다.

"저도 어제 시험 못 봤는데요."

구자용이었다.

재밌는 일이라도 하고 온 듯한 꺼림칙한 미소. 그만 표정관리를 못하고 말았다.

"……그러냐. 한 장 더 출력해 올 테니까 기다려."

"그러죠."

여분의 시험지를 가져온 최창수.

구자용에게 건네며 경고하듯 말했다.

"야. 혹시 물어보는 건데, 시험지 없앤 거. 너냐?"

"모르는 얘기인데요. 지금 학생을 의심하는 겁니까?"

"네 표정이 범행사실을 다 말해주고 있거든."

"선량한 학생 위협하지 마시죠?"

비열한 미소를 짓는 구자용.

아무도 없었다면 홧김에 한 대 후려칠 뻔 했다.

"……그래. 아니면 됐다. 너도 휴대폰 줘."

"여기요."

"그래. 다른 애들은 시험 잘보고, 구자용 너는."

다른 학생은 못 듣게 귓가에 속삭였다.

"시험 망쳐라."

뒤도 안 돌아보고 교실로 돌아갔다.

'뭔가 꺼림칙해.'

늦은 만큼 더욱 열심히 수업을 진행하면서 구자용의 웃음이 뜻하는 바를 유추해봤다.

'아무리 생각해도 시험지 밖에 없어.'

주변의 이미지를 중시하는 최창수가 어제 하루 학원에 안 왔다는 것도, 지각을 했다는 것도.

이런 식으로 자신을 번거롭게 하려고 한 것만 같았다.

'이 학원에서 그런 짓 할 놈은 구자용 밖에 없고.'

하지만 심증만으로는 아무것도 할 수 없다.

'잘 해결됐으니까 조용히 넘어가자.'

우선은 수업에 집중하기로 했다.

늦은 만큼 더욱 알차고, 10분 더 길었던 수업.

끝나기가 무섭게 1교시 때 점심을 먹자고 했던 여학생들이 최창수를 찾아왔다.

호감이 갈 수 밖에 없는 강사와의 점심.

다른 학생들도 같이 점심을 먹자고 달려왔다.

"그래, 그래! 다 같이 가자!"

"선생님이 쏘는 거죠?!"

초롱초롱한 눈빛으로 최창수를 바라보는 여학생들.

"어, 음…… 기다려 봐."

황급히 지갑을 확인했다.

당장 사용가능한 현금은 6만원.

자신을 포함해서 총 여덟 명이 식사를 한다.

"까짓것 내일이 마지막인데 쏜다! 대신 다른 애들한테는 비밀로 해줘."

"와! 선생님 짱!"

제법 예쁘장한 여학생 한 명이 최창수를 와락 껴안았다. 그 뒤를 이어 다른 여학생도 최창수의 품에 안겼다.

멀리서 부럽다는 표정으로 최창수를 바라보는 남학생들.

졸지에 꽃밭에 둘러싸인 최창수는…….

'괘, 괜찮은데?'

서유라가 봤다면 노발대발할 광경이었다.

학생들을 데리고 근처 KFC로 향했다.

마음 같아서는 더 맛있는 걸 사주고 싶었지만, 명당 7500원 제한이라 어쩔 수 없었다.

각자 주문한 햄버거를 먹으며 그들은 대화를 나눴다.

"선생님 내일이 마지막이죠?"

"왜? 아쉽냐?"

"진짜 아쉬워요~. 제가 이 학원 1년을 다녔거든요? 근데 선생님처럼 잘 가르치고 인성도 좋은 선생님은 없었어요!"

"맞아, 다른 반 선생님들은 성질 무지 안 좋잖아. 하나만 틀려도 완전 역적 만들고."

"창수 쌤, 그냥 여기에 취직하면 안 돼요?"

"맞아요! 우리가 애들 모아서 원장한테 말해볼게요!"

폭풍처럼 쏟아지는 학생들의 의사.

코끝이 찡해졌다.

"다음 주부터 따로 할 일이 있어서 취직은 힘들어."

"히잉~ 그게 뭐에요."

"대신 내 뒤를 이을 좋은 강사를 뽑아달라고 원장 선생님한테 강하게 말할 테니까 너무 아쉬워하지 마."

누군가가 자신을 필요로 한다.

그 사실이 굉장히 기분이 좋아, 돈을 넘어 이 일을 받아들이길 정말 잘 했다는 생각이 들었다.

"참. 그런데."

식사 도중, 최창수가 물었다.

"너희들, 구자용에 대해서 어떻게 생각하냐?"

"구자용은 왜요?"

"그러고 보니 선생님, 첫 날 때 걔가 선생님 이름 막 부르던데. 둘이 아는 사이에요?"

"조금? 그보다 대답해 봐. 걔 어때?"

늘 궁금했던 거다.

자신은 구자용의 본 모습을 알고 있으니까.

학교 외에 장소에서 그가 어떤 평가를 받을 지 신경 쓰였다.

결론만 말하면 구자용의 평가는 상당히 좋았다.

착하고, 잘 챙겨주고, 리더십 있고, 공부도 잘하고.

평가만 들으면 호인이 따로 없었다.

"근데 왜요?"

한 여학생의 물음.

최창수는 쓰게 웃으며 답했다.

"너희 앞에서는 착하게 행동하는 구나."

· · · · ◈ · · · ·

다음 날이 됐다.

'오늘로 끝이네.'

8시 30분에 출근한 최창수는 학원 건물을 배회하는 중이었다.

짧았지만 잊을 수 없는 추억이 생긴 학원.

'그냥 확 취직해버려?'

순간 충동이 일었지만, 아직은 할 일이 너무 많다.

'그리고…… 여기에 몸 담글 만큼 내 그릇은 작지 않아. 학원 강사로는 그 둘을 무너트릴 권력을 손에 넣을 수도 없고.'

조금 아쉬웠지만 이 학원은 좋은 경험의 밑거름으로만 두기로 했다.

잠시 후.

슬슬 수업시간이 되어가자 최창수는 강사실로 향해 오늘 수업에 사용할 교재를 챙겼다.

그리고 바로 교실에 들어가서 학생들을 기다리려 하자.

"여기."

2층 정문에서 목소리가 들렸다.

딱 봐도 비싸 보이는 원피스와 고급 백. 과일처럼 귀에 주렁주렁 달린 귀걸이와 큼지막한 진주알 목걸이.

그리고 그 모든 게 하나도 어울리지 않는 괴팍한 얼굴과 아줌마 파마.

40대 중반으로 추정되는 여성.

'느낌이…… 싸한데?'

송근태 현대 판타지 장편소설

일곱 번째 이야기
자신의 신념

운수 대통령

100%

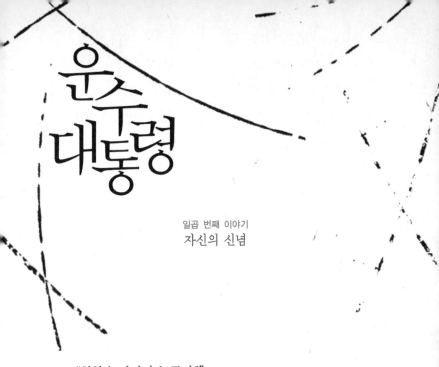

운수 대통령

"최창수 강사가 누구야?"

다짜고짜 튀어나오는 반말.

그것만으로도 지뢰 밟은 거나 마찬가지였건만, 자기까지 찾으니 첫 수업도 전에 피곤해질 거 같았다.

'왜 하필 날 찾냐!'

토마스에게 주의를 받은 적이 있었다.

가급적이면 학생의 신경을 거스르지 마라. 만약 그 학생이 집에 가서 부모에게 말하면 골치 아파지니까.

토마스도 학부모 때문에 몇 번 시말서를 썼다고 한다.

"제가 최창수 강사인데요."

"당신이 최창수야?"

"……저기, 학부모님. 어쩐 일로 찾아왔는지는 몰라도 초면에 다짜고짜 반말은 제가 기분이 안 좋네요."

"뭐?! 어디 감히 머리에 피도 안 마른 것이! 좋게 경고만 주려고 했는데 안 되겠어! 원장 불러와!"

"아뇨. 저한테 볼 일 있어서 온 게 아니에요? 일 크게 만들지 말고 조용히 끝내죠."

밖에서 얘기하려고 복도로 나갔다.

그리고 계단 밑이 소란스러운 걸 확인했다.

'……돌겠네.'

마치 저글링 때처럼 계단을 오르고 있는 수많은 학부모들. 자신에게 반말 한 학부모와 비슷한 인상이다.

이윽고 최창수와 마주하게 된 학부모 일행.

미리 연습이라도 한 듯 동시에 소리쳤다.

"최창수 강사가 누구야!"

"최창수 강사 불러 와!"

"이 녀석이 최창수 강사에요!"

2층 로비에 있던 학부모가 최창수에게 삿대질을 했다.

"어머, 박 여사님. 벌써 오셨어요?"

"최창수 강사라는 놈 얼굴이 빨리 보고 싶어서 왔어요! 그런데 머리에 피도 안 마른 놈이 저한테 뭐라 한 줄 아세요? 글쎄, 반말하지 말라네요!"

"뭐라고요?! 어른이 반말하는 건 당연하지, 어디 감히 피도 안 마른 강사 주제에!"

쉴 새 없이 떠드는 학부모 열 명.

전부 이유 없이 최창수를 욕하는 말이었다.

'아…… 마지막 날에 마가 끼었나.'

그 중심에 있는 최창수는 슬슬 인내심에 한계가 찾아왔다. 어떤 일로 왔는지는 몰라도, 현 상황만 보면 잘못은 백이면 백 학부모 일행에게 있었다.

"아, 좀!"

모든 분노를 쏟으려던 순간.

"무슨 일인데 밖이 소란스럽죠?"

박명촌이 나왔다.

"……최창수 강사님. 이게 무슨 일이죠……?"

적잖게 당황한 원장.

학원을 운영한 지 10년이 넘었지만 이 규모의 학부모가 다 같이 몇 번 없었고, 그때마다 재앙에 가까운 일이 벌어졌다.

"무슨 사고 치셨어요?"

조심스레 다가온 박명촌이 귓가에 속삭였다.

"사고 쳤으면 진작 도망갔겠죠. 저도 당황스럽네요."

"음…… 우선 제가 해결하겠습니다."

박명촌이 학부모에게 다가갔다.

꾸벅꾸벅 허리를 숙이며 일일이 누구누구 여사님 오랜만입니다라고 말하는 박명촌.

학원에서는 강사를 잡아먹을 기세였던 그가 지금은 권력

에 무릎 꿇은 사회인이 됐다.

"원장님. 언제부터 인성도 없는 사람을 강사로 고용하게 된 거죠?"

"음. 최창수 강사가 무슨 실수라도 했나요?"

"실수를 했으니까 왔죠!"

학부모 일행 중 우두머리인 박여사가 최창수를 노려봤다.

"저 강사! 고등학생이라면서요!"

그 순간.

최창수도, 박명촌도, 심장이 떨어진다는 감각을 느꼈다.

"누, 누가 그러죠?"

부모동의만 있다면 미성년자도 아르바이트를 할 수 있다.

하지만 A&T학원은 명문 학원이다.

학력이 가장 낮은 강사가 최강대 졸업생일 정도로 수준 높은 학원이고, 그만큼 강사의 월급도 높고 학원비는 일반인이 들으면 기절초풍할 정도다.

그런 학원에 고등학생 강사라고?

학력 좋은 강사 밑에서 배우라고, 동시에 친분을 쌓아서 인맥을 만들라고 이 학원에 보내는 학부모 입장에서는 절대 용납할 수 없는 일이다.

자존심 강한 몇 학생들도 항의를 할 수 있다.

'최창수 강사님! 혹시 학생에게 말실수 했습니까?!'

박명촌이 최창수를 바라보며 입을 뻥긋거렸다.

그동안 학원이 쌓아둔 이미지 덕분에 큰 타격은 없겠지만, 당분간은 온갖 음해에 시달리게 될 거다.

또 이 사실이 학부모 네트워크에 퍼지면 장기적으로 손해를 볼 것이고, 원장들과 술자리를 가지면 왜 그랬냐고 추궁을 당할 게 뻔하다.

명예를 중시하는 박명촌으로서는 절대 용납 못할 일.

어떻게 해서든 최창수를 최강대생이라 속여야 한다.

그때.

설상가상이 일어났다.

"그리고 저 강사! 교재도 없이 수업 한다면서요?"

"이번 달에 있던 학원시험 때! 자기가 만든 시험지로 시험까지 치르게 했다던데! 어떻게 된 일이죠?!"

"대체 누가 그런 유언비어를 퍼트렸나요?"

대답을 하면서 박명촌이 최창수를 바라봤다.

굳게 입을 다문 채 뭔가를 골똘히 떠올리는 모습.

아무 말이나 좋으니 어서 이 상황을 해결해줬으면 했다.

하지만 최창수는 이 상황으로부터 도망갈 생각 따위 하지 않았다.

'구자용 짓이군.'

학부모들의 질문.

전부 구자용이 아니면 알 수 없는 것들이었다.

'그 녀석이 얌전히 있을 리가 없지. 그 시간에 공부해도 날 이길랑 말랑 이건만, 번거롭게 이런 짓까지……'

한숨을 크게 내쉰 최창수가 말했다.

"맞습니다."

"최창수 강사님……?"

"전 고등학생이 맞아요. 일부 학생에게는 제가 만든 시험지로 시험을 치르게 한 것도 맞고요. 그런데, 그게 어쨌다는 거죠?"

"어머, 저 뻔뻔한 것 좀 봐."

"뻔뻔한 건 제가 아니라 전후사정도 모르고 무작정 마녀사냥을 하는 당신들입니다. 집안 좀 부유하니까 세상이 다 자기거 같죠?"

다른 강사라면 두려움을 느꼈을 상황.

하지만 최창수는 당당했다.

왜냐?

자신이 내린 결정에 후회 한 점 없으니까.

"기존 강사가 사고로 다쳐서 잠시나마 제가 왔습니다. 만약 제가 없었다면? 다른 강사가 피곤함을 이끌고 수업을 진행했겠죠. 당연히 수업의 질은 떨어질 수밖에 없고, 그 강사도 스트레스를 받았을 겁니다. 또, 시험지. 전날까지만 있던 시험지가 통째로 사라져서 제가 대신 만들었습니다. 원본과 비교해도 큰 차이 없을 정도로요. 완벽하게 기억하고 있거든요."

"그래봤자 고등학생이 만든 시험지잖아요!"

"그게 어쨌다는 건데요!"

최창수의 언성이 높아졌다.

"그깟 학력이 무슨 상관인데요! 전 이 학원에 임시강사로 고용될 만큼의 실력을 갖고 있어요! 일주일 만에 당신네 자식들이 호감을 가질 만큼의 강사라고요! 대체 이 학원에 애들 보낸 이유가 뭔데요?! 좋은 학원에서! 훌륭한 강사한테! 확실하게 배워서 성적 좋아지라고 보낸 거 아니냐고요! 그럼 내 신분이 어땠던 간에, 결과만 좋으면 되는 거 아니냐고!"

서형문 때 느꼈던 그때의 감정이 피어올랐다.

가슴 속에 쌓아둔 울분을 토하지 않으면 당장 죽을 것만 같은……

"꼭 명문대 졸업한 강사한테만 배워야 애들 성적이 좋아져요? 내가 어떤 식으로 수업하는지는 보지도 않고! 내가 애들을 위해서 어떤 노력을 했는지는 보지도 않고! 당신들이 그렇게나 애지중지하는 자식들의 얘기는 하나도 듣지 않고! 당신네들 잣대로 날 대역죄인 취급하면 기분이 좋아?! 애들 성적이 좋아지고, 당신네들 지갑이 더 풍족해지냐고! 확인할 거 다 확인하고 뭔가 결정하는 게 어렵냐고!"

그 뒤로 계속 생각했다.

어째서 대한민국은 력이 붙은 걸로 좌지우지가 되는가.

고민해도 답은 나오지 않았다.

그저 자신이 직접 바꾸고 싶었을 뿐.

무엇 하나 쥔 게 없더라도 당당히 성공한다는 걸 이 세상에 보여주고 싶었다.

"무슨 일이에요?"

복도에서의 소란이 교실까지 들렸는지 수업 중이던 다른 반 학생과 강사, 그리고 S-2반의 학생들까지 밖으로 나오게 됐다.

"만수야!"

학부모 한 명이 자식을 향해 소리쳤다.

다른 학부모도 일제히 자식을 찾아가 숨겨진 비밀을 전부 폭로하기 시작했다.

최창수의 일침으로 느낀 수치심, 자식들이 자신들 편이 되어주면 전부 회복할 수 있었다.

하지만…….

오늘만큼은 자식이 더욱 더 자기 뜻대로 되지 않았다.

"아, 역시 우리랑 동갑이었구나. 어째 너무 젊더니."

"것 봐. 아는 최강대 오빠 영문학과 오빠가 모른다고 했댔잖아."

"동갑인데 영어를 그렇게 잘 해? 비결이 뭐지."

"솔직히 조금 질투난다."

자기들처럼 노발대발할 거라 예상했던 자식.

그들이 최창수를 보호하기 시작했다.

만약 어쭙잖은 강사였다면 학생들도 참을 수 없는 분노

를 느꼈을 거다.

하지만 그들은 일주일 동안 뼈저리게 느꼈다.

최창수와 자신들의 실력 차이를.

자신들을 위하는 최창수의 진심을.

도저히 최창수를 비난하려야 할 수가 없었고, 또 그럴 마음도 들지 않았다.

학생에게 있어 최창수는 공부로 지친 자신을 위로해주는 쉼터나 마찬가지였다.

"만수야! 반응이 그게 뭐니! 동갑이 네 머리 위에서 놀았다는데 분하지도 않니?!"

"분하긴 한데…… 어쩔 수 없잖아."

"맞아. 우리가 화낸다고 뭐 달라지나? 그리고 선생님한테 화내고 싶지도 않아."

"우리한테 얼마나 잘 해주셨는데. 나이도 같으니까 이제는 둘도 없는 친구야!"

"맞아, 그리고 엄마……."

정만수가 원장 눈치를 보며 말했다.

"나…… 최창수 강사님 아니었으면 강등이었어."

"뭐?"

"반 또 내려갈 뻔 했다고!"

"나도, 나도. 선생님이 부족한 부분 지적 안 해줬으면 또 떨어졌을 걸? 그리고 학원 시험지랑 선생님이 만든 시험지랑 비교해봤는데 거의 똑같던데? 오히려 바뀐 문제는 더 어려웠어!"

"맞아요! 그러니까 선생님한테 뭐라고 하지 마요!"

S-2반 학생들이 일제히 최창수 주변을 둘러쌌다.

"선생님 걱정 마요! 우리가 안 잘리게 해줄게요!"

"야, 어차피 오늘이 마지막이잖아."

"그러네? 그럼 더 이상 욕 안 먹게 해줄게요!"

든든한 방어벽을 연상시키는 그 모습에 코끝이 찡해졌다.

"얘들아……."

애써 눈물을 참았다.

· · · ◈ · · ·

어서 돌아가라는 학생들의 원성에 결국 학부모는 창피만 당하고 돌아가야 했다.

"최창수 강사님."

사건이 일단락된 후, 최창수는 박명촌과 상담을 나누게 됐다.

"고생 많았습니다."

"……죄송합니다."

"아뇨. 솔직히 최창수 강사님이 잘못한 게 뭐가 있습니까? 시험지 부분은 꼬투리를 잡힐 만 했지만, 직접 비교하니 원판이랑 다를 것도 없더군요."

박명촌이 자판기에서 뽑은 커피를 홀짝였다.

"하여간, 요즘은 학생보다 부모가 더 극성이라니까요. 강사님 덕분에 저희 학원 애들도 다시 봤군요."

부유한 집 자식으로만 이루어진 학원.

다들 자기가 최고인 줄 알았고, 강사는 그저 자신이 성장한 발판으로밖에 생각하지 않는다고 생각했다.

"원래 최창수 강사님에게 드리려고 했던 얘기는 추가급여를 지급하겠다는 거였습니다만…… 오늘 사건을 보고 생각이 바뀌었네요."

박명촌이 서랍을 열었다.

나온 건 한 장의 서류.

볼펜과 함께 최창수에게 조심스레 내밀었다.

"최창수 강사님이 저희 학원에 남아줬으면 합니다. 강사님이 학생들에게 일으킬 변화가 앞으로도 더 보고 싶네요."

"어…… 마음은 정말 감사한데요."

"물론 아직 고등학생이니 바로는 안 되겠죠. 우선 계약서만 작성하시고, 졸업 후에 바로 취직하는 걸로 하죠. 어떤가요? 다들 대학에 다닐 때, 최창수 강사님은 한 달에 400만원 씩 받으면서 학생을 가르치는 거예요."

한 달에 400만 원.

일 년이면 4천 8백만 원.

자영업으로 고생하시는 부모님보다 훨씬 많은 연봉이고,

이 정도 연봉이면 솔직히 남부럽지 않게 생활할 수 있다.

부모님께도 자랑스러운 아들이 되고, 저번처럼 5만원이 아닌 몇 백만 원도 용돈으로 드릴 수 있다.

하지만 받아들일 마음은 없었다.

"죄송합니다."

"어째서죠?"

"분명히 강사로서의 생활을 즐거웠어요. 하지만…… 전 좀 더 높은 곳을 바라보고 싶어요."

오늘 사건으로 또 다시 느껴버리고 말았다.

권력.

재력.

그것이 사회에 끼치는 악영향을 말이다.

단지 가진 게 없다고, 오늘의 자신처럼 불합리한 핍박을 받는 사람은 찾아보면 수두룩하게 나올 거다.

당장 부모님만 봐도 고객 앞에서 고개를 조아리니까.

"20살 때 연봉 6천이면 어마어마한 거죠. 그 돈을 받으며 차근차근 경력을 쌓으면 몇 십 년 뒤에는 스타강사가 돼서 떼돈을 벌고 있겠죠. 하지만…… 전 알 수 있어요."

계약서를 조심스레 박명촌에게 되돌려줬다.

"지금 여기서 더 나아가다보면, 비교도 안 되는 권력과 재력을 손에 넣을 수 있다는 걸요."

아직 오지 않은 미래.

확실하지는 않은 미래.

하지만 반드시 만들고야 말 미래.

깊은 내면에서 뭔가가 자라났다.

· · · ◈ · · ·

우여곡절은 있었지만 마지막 수업은 무사히 끝낼 수 있었다.

"선생님! 번호 알려줘요!"

"최강대 갈 거죠? 저도 최강대 갈 거니까 내년 입학식에서 꼭 만나요!"

마지막 수업을 함께 한 학생들.

그리고 아침과 점심 때 함께 수업한 학생들도 최창수의 퇴근시간에 맞춰 배웅을 해줬다.

"고맙다, 얘들아. 이제 선생도 아니고 동갑이니까 말 편하게 해."

"그래? 그럼 잘 가라, 창수야!"

"같은 남자가 봐도 너 멋있어, 인마!"

"창수야, 혹시 주말에 시간 되니? 같이 카페 갈래?"

쉴 새 없이 재잘저리는 학생들.

일주일이란 짧은 시간이었지만 제법 사이가 좋아졌다.

이 중 몇 명은 최강대에서 재회할 것만 같았다.

"내년 최강대 입학식에서 보자!"

손을 흔들며 역 내부로 들어갔다.

지하철에 올라 천안까지 한 시간.

학원에서 있던 즐거운 일이 떠올라 미소가 절로 지어졌다.

'그나저나 구자용…… 끝까지 안 왔네.'

처음에는 구자용을 보면 다짜고짜 주먹부터 날리려고 했다. 하지만 머리가 식자 분노보다는 가여움이 느껴졌다.

'불쌍한 놈.'

실력으로 자신을 이길 자신이 얼마나 없으면 치사한 짓만 골라서 하는 지 궁금할 정도다.

'네가 뭔 짓을 해도 나한테는 안 돼.'

구자용과 자신 사이에는 압도적인 차이가 있다.

비겁한 꼼수로 절대 넘을 수 없는 벽이…….

잠시 후.

집에 도착한 최창수는 부모님이 주무시는 걸 확인하고는 조용히 방으로 들어갔다.

'흐뭇하다!'

두툼한 돈 봉투에 입을 쪽 맞췄다.

기본급 80만원과 추가급 20만원.

5일의 노동으로 무려 백만 원이나 벌었다.

생에 처음으로 만져보는 거금. 직접 땀 흘려 번 돈이라 더욱 값졌다.

'이 돈은 쓰지 말고 저금해야지.'

책상 서랍에 돈을 넣고 잠에 들었다.

· · · ◆ · · ·

월요일.

최창수는 아침 일찍 이소영의 집으로 향했다.

"선생님!"

현관문을 열고 들어가기가 무섭게 이소영이 방에서 달려
나왔다.

"오랜만이네. 잘 지냈냐?"

"말도 말아요! 과외 없는 동안은 알아서 공부하라고 엄
마가 닦달해서 스트레스 엄청 받았어요."

"하하, 그래도 열심히는 했겠지?"

"일단은요."

"그래. 그나저나 어머니는?"

"모임 갔어요. 선생님 오면 점심 사먹으라고 돈 놓고 갔
는데 뭐 먹을까요?"

"글쎄. 수업하면서 생각하자."

일주일 간 학원에서 수업을 하면서 제법 실력이 좋아졌
다. 지금이라면 더욱 효율적으로 과외 진행이 가능할 게 분
명하다.

'너무 수업 진행만 하지 말고, 간혹 잡담으로 분위기를
환기시키자.'

이소영의 표정을 보면서 수업을 진행했다.

괜찮을 때는 수업에 집중하고, 조금 흐트러졌다 싶으면 학원에서 있던 얘기를 들려줬다.

확실히 효과가 있었는지 이소영은 정신적 스트레스가 별로 없는 걸 느꼈다.

"선생님."

"왜?"

"우리 학교 선생님보다 더 잘 가르치는 거 같아요!"

"훗. 당연하지, 난 천재거든!"

장난스럽게 맞장구쳤다.

수업이 끝나고.

이소영은 학원가기 전에 식사를 하자고 했다.

"엄마가 이만큼이나 줬어요."

이소영이 가져온 10만원.

두 눈이 휘둥그레졌다.

'여, 역시 부유한 집은 금전감각부터 다르구나.'

이 돈이면 고급 뷔페에 가서 배 터지게 먹어도 돈이 남는다.

하지만 남의 돈이라도 흥청망청 쓸 수는 없는 법.

두 사람은 합의 하에 싸고 맛있는 김밥나라에서 식사를 하기로 했다.

"비싼 거 먹어도 돼요! 저 비싼 거 먹고 싶은데!"

"그럼 김밥나라에서 가장 비싼 거 먹어."

"얼만데요?"

"6천원이었나?"

"하루 용돈보다 적네."

"……한 달에 얼마 받냐?"

"30만원이요!"

두둥!

두 눈이 휘둥그레졌다.

'내 한 달 용돈이 5만원인데…….'

과외를 진행하면서 동네 중학생이라고 여겼던 이소영. 그녀를 새삼 다시 보게 됐다.

김밥나라에 도착한 두 사람은 메뉴 선정에 고민하게 됐다.

"왜 이렇게 많아요?"

"나도 올 때마다 그 생각한다. 뭐 먹을지 결정하는 게 시험보다 더 어렵다니까. 언제쯤 되면 오늘은 뭐 먹을지 고민 안 할까."

"결혼하면 아내가 알아서 해주잖아요."

"전제가 어렵네."

"뭐가 어려워요? 선생님 같은 남자면 여자들이 줄을 설걸요?"

"그, 그래?"

이성 관계에 딱히 관심은 없지만, 남자라면 여자의 '사랑'을 거절할 리가 없다. 그건 최창수도 마찬가지였다.

'결혼이라.'

생각해 보면 초등학교 때는 결혼한다는 게 부끄러워서 평생 독신으로 산다고 큰소리 떵떵 치고 다녔다.

하지만 한 살 두 살 먹으면서, 좋아하는 사람과 평생 행복하게 살고 싶다는 욕구가 강해졌다.

큰 욕심이 없으니까.

배우자도 자신처럼 욕심이 없다면 그럭저럭 먹고 살면서 행복한 삶을 보낼 수 있을 거 같다.

우우웅.

AOA의 초아랑 결혼하면 좋겠다고 상상하고 있자 휴대폰이 울렸다.

"……서유라다!"

며칠 동안 연락이 없던 그녀.

드디어 화가 풀렸는지 먼저 전화를 걸어왔다.

"유라야!"

"……어디야?"

"나 천안역 파스구찌 맞은 편 김밥나라야. 마침 잘 됐다. 밥 사줄 테니까 이쪽으로 와."

"……그래. 얼굴 보고 할 말도 있으니까."

전화가 끊겼다.

"그 여자에요?"

"응. 여기로 온대. 같이 밥 먹어도 괜찮지?"

"당연하죠. 어떤 여자인지 보고 싶었거든요."

이소영이 쿡쿡 웃었다.

일행이 올 거니까 천천히 요리해 달라 말하고 얼마 있지 않자, 서유라의 모습이 보였다.

손님이라고는 최창수 일행이 전부.

바로 눈이 마주쳤다.

"얘 누구야?"

성큼성큼 다가온 서유라가 인상을 찌푸렸다.

모처럼의 재회.

그가 밥을 사준다고 해서 당연히 단 둘 일줄 알고 화장도 했건만.

딱 봐도 자기보다 어리고, 그럭저럭 귀엽게 생긴 여자가 있으니 심기가 불편해지는 건 당연하다.

"나한테 과외 받는 학생이야."

"안녕하세요! 이소영이라고 해요! 선생님한테 얘기는 많이 들었어요!"

"……창수가 뭐라는데?"

"음. 말해도 돼요?"

"상관없어. 딱히 걸리는 거 없으니까. 화장실 갔다 올 테니까 둘이 얘기하고 있어."

최창수가 화장실로 모습을 감췄다.

단 둘만 남게된 상황.

서유라는 조금 어색했지만 이소영은 이 상황이 흥미진진했다.

'내가 두 사람의 거리를 좁혀줘야지!'

서유라를 본 순간 느낌이 왔다.

이 사람은 지금 일방적인 구애를 하고 있다고!

"언니! 선생님이 뭐라고 한 지 궁금하죠?"

"조, 조금……."

"에이, 많이 궁금하면서! 있죠, 있죠. 이건 백 퍼센트 실화인데요."

서유라의 귓가에 속삭였다.

"선생님. 지금 되게 여자 친구가 만들고 싶대요."

"……정말?"

"네. 그리고요. 언니를 단순한 친구로 생각하지 않는 거 같아요. 언니 얘기할 때마다 되게 행복해 보이더라고요. 그리고요……."

이소영은 즉흥적으로 떠오르는 칭찬이란 칭찬은 전부 내뱉고 봤다. 그때마다 입 꼬리가 올라가는 서유라. 조금 도가 지나쳤다고 뒤늦은 생각이 들었지만 돌이키기에는 너무 늦었다.

"헤헤……. 차, 창수가 날 그렇게 생각하고 있었구나……."

"그, 그렇다니까요! 그러니까 언니. 너무 조바심 가지지 마세요. 어차피 선생님은 딴 여자 못 봐요!"

"응! 네 덕분에 기운이 나네. 너 되게 좋은 애구나?"

"히히, 뭘요~. 저도 같은 여자라서 다 알아요! 좋아하는 남자가 몰라주면 되게 섭섭하고 짜증나죠?"

"응응! 근데 대놓고 들이대자니 헤퍼보여서 싫고."

"맞아요. 근데 상대가 넘어올 때까지 기다리자니 너무 힘들고, 혹시 그 사이에 뺏기면 어쩌나 걱정되죠!"

"흑. 너도 나랑 비슷한 경험을 했나 보구나……. 사이좋게 지내자, 소영아!"

"네, 유라 언니!"

순식간에 마음이 통하는 언니동생이 됐다.

'별 일 없겠지? 혹시 모르니까 문자로 말 좀 맞춰 달라 해야겠다.'

물론 마음은 불안했지만.

잠시 후.

최창수가 돌아올 때에 맞춰 주문한 음식이 전부 나왔다. 서유라의 몫이 없었지만, 이소영과 함께 나눠먹으면 된다고 했다.

"후훙~"

콧노래를 부르면서 식사하는 서유라.

도저히 아까와 같은 사람이라고 느껴지지 않았다.

"뭔 얘기 했어?"

"언니한테 좋은 얘기요.."

식사가 끝나자 이소영은 바로 학원으로 발걸음을 옮겼다.

"그럼 전 가볼게요!"

졸지에 둘만 남겨지자 최창수는 깊은 고민에 빠졌다.

마음 같아서는 도서관에서 공부가 하고 싶었다.

하지만 모처럼의 재회.

서유라를 혼자 내버려두면 안 된다고 그간의 경험이 경고하고 있었다. 게다가 그녀의 용건도 아직 듣지 못했다.

"음…… 소화시킬 겸 노래방이라도 갈까?"

"그전에 묻고 싶은 게 있어."

"묻고 싶은 거?"

"응."

고개를 끄덕인 서유라가 최창수를 바라봤다.

뭔가를 결심한 듯한 진지한 표정.

살굿빛 입술이 천천히 열렸다.

"창수 너한테 있어서, 난 어떤 존재야?"

"……무슨 의미야?"

"질문 그대로의 의미야. 궁금해. 우리는 단순한 친구에 불과해?"

아무리 이성 관계에 무관심하더라도 이 정도로 대놓고 질문하면 그 의도를 알아차릴 수밖에 없다.

그녀가 바라는 대답도 알고 있다.

하지만 아직은 그 대답을 할 수 없다.

그만큼의 마음도 확신도 없으니까.

"수족관에서 있던 일. 기억해?"

"응."

"솔직히 그 날. 처음으로 널 보고 예쁘다 귀엽다라고 느꼈어. 하지만 아직은 그게 다야."

"……."

"내가 둔감하다는 건 알아. 하지만 이것만큼은 확실해. 아직은 때가 아냐."

"그 때는 언제 오는데?"

사실상 차인 것과 마찬가지.

애써 표정 관리를 하는 지 서유라의 표정에는 흔들림이 없었다.

"아직은 몰라."

"오긴 하는 거야?"

"그것도 몰라."

"……그래."

서유라가 뒤로 빙글 돌았다.

때마침 저 멀리서 오는 택시.

그녀가 택시 문을 열었다.

"네가 모르면, 내가 알게 해줄게."

그 말만 남기고 그녀가 택시에 올랐다. 순식간에 저 멀리 사라진 서유라.

홀로 남은 최창수는 자신의 대답이 정답이었는지 고민해 봤다.

'하나도 모르겠네.'

이 세상에는 어려운 문제가 너무 많았다.

여름방학이 끝나고 수험일이 코앞까지 다가왔다.

"수험 한 달도 안 남았으니까 다들 열심히 하자!"

조회시간, 담임이 학생들을 격려했다.

이 중 아무나 명문대학에 입학하면 자신의 위상이 높아지니까.

물론 학생들은 자기 나름대로 수험대비를 하고 있었다. 잘 시간 놀 시간도 아끼면서 더욱 열심히 공부하고, 개중에는 비싼 부적도 산 학생이 존재했다.

'벌써 3주도 안 남았다니!'

시간의 빠름에 경악하며 최창수가 창밖을 바라봤다.

11월 달.

더위에 혀를 내밀었던 게 엊그제 같은데 벌써 흰 눈이 세상을 덮고 있었다.

이맘때쯤이면 친구들과 눈싸움을 하거나, 여름옷을 입고 누가 더 추위를 잘 버티나 내기도 했건만. 이번 년도 겨울은 즐거운 추억을 못 쌓는 게 아쉬웠다.

'여유로워지면 놀자고 해야지.'

일주일 후면 입학사정관제 면접이 있다.

그로부터 2주 뒤에는 수능을 본다.

물론 정시를 선택한 애들은 수능이 끝나고도 고생하지만, 자신의 친구들은 전부 수능까지만 바쁠 예정이었다.

조금만 더 고생하면 된다는 사실에 요 근래 없었던 힘이 다시 생겨났다.

방과 후.

야간자율학습에 참여한 최창수는 7시가 되자 선생에게 양해를 구하고 밖으로 나와 버스정류장으로 향했다.

이소영의 과외 때문이었다.

예정대로였다면 여름방학이 끝나고서 한 주만 더하는 거였는데, 과외 마지막 주 때 이소영이 영어학원에서 역대 최고의 점수를 받아왔다.

이 여사와 이소영의 아버지까지 고개를 숙이고, 특목고 입시 때까지 과외를 계속해 달라 부탁하니 거절할 수가 없었다.

수험대비와 과외를 병행하려니 몸은 힘들었지만, 그만큼 열심히 살고 있는 거 같아서 삶에 보람이 느껴졌다.

70만원이었던 과외금액이 90만원으로 인상된 것도 힘듦을 감수하는 이유 중 하나였다.

부모에게 의존하지 않고 고졸 전에 600만원의 비상금을 만들어둔 건 최창수라서 가능한 일이었다.

"선생님, 이것 봐요!"

도착한 이소영의 집.

방문을 닫기가 무섭게 이소영이 방방 뛰면서 시험지를 가져왔다.

"저 이번에는 93점 받았어요! 학원에서 무려 3등이나 했다고요!"

"진짜?"

자신이 가르친 학생이 눈부신 성장을 하고 있다!

그 사실에 감격하며 시험지를 확인했다.

"잘했다, 소영아. 이거 철자만 안 틀렸으면 97점이었을 텐데."

"저도 아쉬워요……."

"그래도 60점대에서 90점대까지 올라왔잖아. 노력하니까 잘 되지?"

"네! 성적이 좋아지니까 요즘은 엄마 잔소리도 많이 줄었어요. 그리고 학원 선생님도 예전에는 특목고 힘들 거라 말했는데, 지금은 가볍게 합격할 거 같대요! 선생님이 써준 자기소개서 힘이 컸어요!"

몇 달 전.

최창수는 이소영의 자기소개서를 대신 작성해줬다.

반응은 두 말 할 것도 없이 끝내줬다.

"선생님 덕분에 배움의 즐거움을 느끼게 됐어요."

"그러냐?"

"네! 예전에는 배워봤자 어디에 쓰나 싶었는데, 요즘은 배우면 언젠간 다 쓸모가 있을 거 같아요!"

"깨달았으면 다행이고. 자, 수업 시작하자."

"네!"

바로 수업을 진행했다.

예전에는 틈만 나면 쉬려고 했던 이소영. 예전과는 비교도 안 되는 성실함으로 최창수에게 가르치는 기쁨을 느끼게 해줬다.

시간은 빠르게 흘러 벌써 입학사정관제 당일이 왔다.

11시.

학교에 있을 시간에 대학교 면접 대기실에서 있으려니 기분이 이상했다.

"너, 너무 긴장하지 마! 창수 너라면 잘할 수 있어!"

"긴장은 내가 아니라 네가 했는데?"

고개를 돌리니 바로 옆에 서유라가 있었다.

예정대로라면 면접장에 혼자 오거나, 아니면 영어 선생과 함께 왔어야 했다.

하지만 영어 선생이 하필 오늘 독감에 걸리는 바람에 동행하지 못하게 됐다.

그 소식을 들은 서유라는 최창수에게 말도 없이 조퇴를 했다.

이 정도로 성의를 보인 서유라를 차마 거절할 수가 없어 이곳까지 같이 오게 됐다.

"으, 어쩌지. 청심환이라도 사올 걸 그랬나?"

"네가 먹으려고?"

"나 말고 너! 이 바보야!"

모두가 엄숙한 면접 대기실에서 웃고 떠드는 건 오직 그 둘 뿐이었다.

대기 중인 학생들은 그 장면을 부럽게 바라봤다. 가뜩이나 긴장 때문에 쓰린 속이 더 쓰려지는 걸 참으면서…….

"목마르다, 매점 가서 음료수 사올게."

"안 돼! 그거 마시고 면접 때 화장실 가고 싶어지면 어떡해!"

"다 비우고 갈 거니까 적당히 좀 해라……."

당사자보다 더 난리법석을 떠니 슬슬 피곤해졌다.

서유라를 대기실에 내버려두고 홀로 대학교 매점으로 향했다. 어디를 봐도 대학생, 그 중 유일하게 자신만 교복을 입고 있으니 시선이 집중됐다.

그 시선이 부담스러워 후다닥 매점에서 음료수를 사고 대기실로 돌아갔다.

면접 시작 5분 전.

한 여대생이 대기실에 들어왔다.

"면접 번호 1번부터 5번까지 면접실로 들어가주세요."

학생 다섯 명이 대기실에서 나갔다.

"너 몇 번이야?"

"33번."

"헉! 얼마 안 남았잖아! 어떡하지, 지금이라도 청심환 사올까?"

"조용하고 이거나 마셔라."

시끄러운 그녀의 입에 억지로 음료수를 갖다 댔다.

본인은 아무런 자각이 없었지만.

최창수와 간접키스를 했다는 사실에 서유라는 얼굴이 화끈거려 쥐 죽은 듯 말이 사라졌다.

겨우 조용해진 상황.

최창수는 천천히 생각을 정리했다.

'긴장하지 말자. 노력한 게 있으니까 다 잘 될 거야. 아니, 잘 될 수밖에 없어. 난 최창수니까!'

영어 선생과 면접 대비 연습도 많이 했다.

다른 학생과 차별점을 두기 위한 비책도 만들어 놨다.

'절대로 날 떨어트리지 못하게 만들어 주지.'

자신감이 넘칠 만큼 있었다.

마침내 최창수의 차례가 왔다.

"잘하고 와야 해!"

"오냐. 얌전히 기다리고 있어."

"자, 잠깐만! 이거!"

가방에서 뭔가를 꺼낸 서유라가 최창수의 손을 붙잡았다.

조심스레 건넨 건 다름 아닌 부적이었다.

"어, 어제 만들었어······."

서유라가 얼굴을 붉혔다. 하지만 두 눈을 피하지는 않았다.

"꼭 합격했으면 해서."

"나야 당연히 합격할 건데, 네 거나 만들지 그랬냐."

"으으······."

"농담이야, 농담. 진짜 고맙다. 이런 거 해주는 사람 너밖에 없는 걸."

씨익 웃으며 서유라의 볼을 가볍게 꼬집었다. 그리고 말없이 부적을 챙기고 면접실로 뛰어갔다.

홀로 남은 서유라는 다리에 힘이 풀려 주저 앉았다.

· · · ◈ · · ·

면접실.

총 열 명의 면접관이 있고 다섯 명의 학생이 면접을 본다.

최창수는 정중앙 자리에 앉게 됐다.

자리에 앉은 최창수는 면접관을 쭈욱 살펴봤다. 그 중에 익숙한 얼굴이 있었다.

'서형문……'

정면에 앉아있는 서형문.

근엄한 얼굴로 팔짱을 두르고 있었다.

'이 대학교 영문과 교수였지. 면접관에 있는 게 당연한가.'

서형문을 보자마자 그때의 일이 떠올랐다. 참을 수 없는 분노가 솟아올랐지만 여기서 소동을 부렸다가는 면접도 못보고 탈락이다.

'참자.'

천천히 숨을 골랐다.

그런 그를 보면서 서형문은 속으로 웃었다.

'훗, 날 부숴준다더니 고작 고른 방법이 이건가?'

열 명의 면접관 중 자신보다 권력이 강한 교수는 고작 한 명 밖에 없다.

마음만 먹으면 최창수를 불합격 시키는 건 개미 죽이는 것보다 쉬운 일이었다.

"그럼 지금부터 최강대학교 영어영문학과 입학사정관제 면접을 시작하겠습니다."

어리버리하게 생긴 교수가 말했다.

교수들은 미리 준비된 다섯 명의 입학지원서를 읽기 시작했다.

지금까지의 학생들은 당장 강남권 학원만 가도 볼 수 있는 흔하디흔한 학생들뿐이었다.

목표 없이 무작정 공부만 하고, 대학을 위해서 진심 없는 봉사를 해온 학생들. 자기소개서도 틀에 박힌 내용이 전부였다.

면접관은 그 중에서 그나마 괜찮은 학생을 선발하는 게 일이었다.

'이 학생은?'

교수 한 명이 최창수의 자기소개서를 읽었다.

그 순간 엄청난 흡입력이 두 눈에 찾아왔다.

'정말 본인이 쓴 건가?'

내용만 보면 다른 자기소개서와 다를 게 없다. 하지만 그 안에 엄청난 뭔가가 숨어 있었다. 교수생활 10년차인 자기도 확실히 말할 수 없는 엄청난 기운이…….

"최창수 학생."

"네."

"이 자기소개서, 정말 본인이 쓴 겁니까?"

"당연히 제가 썼죠."

"그렇군요, 정말 대단하군요."

다시 한 번 자기소개서를 읽었다. 몇 번을 봐도 기가 막혔다.

그의 반응에 다른 교수들도 최창수의 자기소개서를 읽었다. 열 명 중 무려 일곱 명이 최창수가 물건이라는 걸 느꼈다.

이윽고 교수들의 질문세례가 쏟아졌다.

"저희 대학에 입학하려는 이유가 뭔가요?"

"대학에 입학해서 가장 하고 싶은 일이 뭐죠?"

"영어실력을 발휘해보세요."

지명된 학생들이 미리 연습해 온 대본을 그대로 읊었다. 한국어로 말이다.

모조리 영어로 대답한 건 최창수가 유일했다.

'굉장하지?'

교수들의 얼굴을 바라봤다. 하나 같이 넋이 나간 얼굴이었다.

교수생활을 하면서 면접 때 영어로 대답한 학생이 없던 건 아니다. 하지만 다들 어딘가 어설펐고 그게 오히려 감점 요인이 됐다.

하지만 최창수의 회화에는 두 손 두 발 다 들었다는 표현을 쓸 수밖에 없었다.

현지인이라 착각할 발음과 적절한 단어선택.

무거운 공기가 흐르는 면접장에서 나올 만한 실력이 아니었다.

"최창수 학생 말이죠."

"네."

"3학년 때부터 성적이 말도 안 되게 올랐더군요. 특별한 이유와 공부 비법이 있습니까?"

그 질문에 다른 학생들도 귀를 기울였다.

면접 내내 최창수와의 압도적인 실력 차이를 느꼈다.

총 다섯 개의 합격 자리를 네 자리가 인식할 정도로 말이다.

"아버지와 나눈 약속이 있거든요. 공부 비법은 없습니다. 저 자신이 허락하는 만큼 공부한 게 전부에요."

"흐음, 그렇군요."

"성적표, 그리고 자기소개서와 교장추천서를 보시면 알겠지만. 어디를 봐도 저 같은 학생은 없을 겁니다."

교수들을 똑바로 응시하며 자신감을 발휘했다.

"불합격하면 저도 아쉽겠지만, 교수님들이 더 아쉬울 걸요?"

그 말에 면접관들의 두 눈이 휘둥그레졌다.

최대한 자신들의 비위를 맞춰서 어떻게든 합격하려 노력해도 모자란 마당에 필요 이상의 자신감이라니?

하지만 굳이 제지하지 않고 침묵을 유지했다.

어떤 말이 나올지 기대되니까.

"절 감당할 수 있는 대학은 이곳밖에 없다고 생각합니다. 훌륭한 학생, 장차 이 나라를 이끌어 갈 학생을 불합격시키는 불상사는 없길 바랄게요."

"하고 싶은 말은 그게 다인가요?"

"저는 최고가 될 겁니다."

최창수의 시선이 서형문에게 향했다.

"권력이나 돈 때문에 피해 입는 사람을 근절시킬 정도로 훌륭한 인물이 말이죠."

그 말에 서형문은 긴장 섞인 침을 삼켰다.

그때는 별 것도 아닌 고등학생의 치기어린 허세라 생각했건만. 방금 전 최창수로부터 사나운 맹수의 기운이 느껴졌다.

그 기운에 압도될 것만 같아서 서형문을 급하게 면접을 끝마쳤다.

학생들이 전부 나가고, 교수들은 면접결과를 정리했다.

"최창수 학생. 조금 버르장머리는 없지만 실력은 확실하더군요."

"저건 버르장머리가 없는 게 아니라 자신감이 넘치는 거야. 실력도 그렇고, 자신감도 그렇고. 우리 대학에 딱 어울리는 학생이구면."

"최창수 학생은 우선 합격시키는 걸로 할까요?"

그 질문에 네 명의 교수가 고개를 끄덕였다. 두 명만 더 찬성하면 최창수의 합격은 확실시된다.

그 분위기에 찬물을 쏟은 건 서형문이었다.

"합격은 무슨. 딱 봐도 교수를 존경하는 게 느껴지지 않았는데."

"하지만, 교수님. 솔직히 최창수 학생을 놓치면 손해일 거 같습니다."

"요즘 세상에 저 학생만큼 하는 학생은 널렸어. 모두가 공부에만 미치는 세상에서 봐야할 건 성적이 아니라 인성이야, 인성. 그게 부족해서 안 돼."

"음…… 그럼 불합격일까요?"

영문과뿐만 아니라 최강대학교 내에서도 권력 있기로 소문난 서형문이다. 그에게 반항했다가 다른 대학으로 이직한 교수도 수두룩하게 봐왔다.

싫어도 그의 비위를 맞출 수밖에 없었다.

결국 최창수는 인성문제로 불합격시키는 걸로 찬반이 기울었다.

그때…….

"다들 교수생활 허투루 했구면, 쯧쯧."

연륜이 느껴지는 목소리가 면접장에 울려 퍼졌다.

박철대.

70을 바라보는 나이에도 교단에 서 있는 교수였다. 서형문도 함부로 대들 수 없는 정도의 인물……. 교수이면서 동시에 최강대학교의 이사장이었기 때문이다.

"인성이라고? 내가 보기에는 형문이 너보다 훨씬 깨끗한 학생 같구먼."

"처, 철대 교수님…… 애들 앞에서 그게 무슨 말입니까."

"내가 몰라서 가만히 있는 줄 알아?"

박철대가 날카롭게 서형문을 노려봤다. 서형문이 할 수 있는 건 그저 고개를 숙이는 것뿐이었다.

"저 학생은 내가 판단 할겨. 불만 있는 놈들은 이직할 거 각오하고 말해."

대한민국 최고의 명문대임과 동시에 전 세계 최고의 대학교 50위안에 드는 대학이다.

그 대학에서 이직할 걸 각오해야 발언권을 얻을 수 있다.

발언권의 값이 너무나도 비쌌다.

· · · ◈ · · · ·

면접장에서 나온 최창수는 바로 대기실로 향했다. 문을 열기가 무섭게 서유라가 달려왔다.

"어, 어땠어?!"

잔뜩 흥분한 그녀.

농담으로라도 잘 안 됐다고 말하면 자기 일처럼 큼지막한 눈물을 떨어트릴 표정이다.

"그게 말이다……."

하지만 장난기가 발동되는 걸 막을 수 없었다.

불합격할 거 같아.

넌지시 농담을 던지려고 했다.

하지만 서유라의 표정을 보자 그 생각이 확 날아갔다.

"야아……."

벌써부터 눈가에 눈물이 고여 있었다.

화들짝 놀란 최창수는 테이블에 있는 휴지를 갖고 와 서유라의 눈물을 닦아줬다.

"야, 무조건 합격이니까 울지 마!"

"진짜로……?"

"내가 누군데 불합격하겠냐. 그러니까 울지 마!"

"응……."

그제야 서유라의 눈물이 그쳤다.

최창수는 크게 놀란 가슴을 쓸어내렸다.

'아이고야, 농담 두 번 했다가는 큰일 나겠네.'

인생에 있어 중요한 일에는 절대로 농담하지 않기로 했다.

· · · ◈ · · ·

입학사정관제 결과는 수능이 끝난 다음 주에 발표된다.

하루하루 그 날만 손꼽아 기다리다 보니 어느 사이 수능 전 날이 됐다.

"밤늦게 어딜 가니?"

저녁 9시.

수능 날 필요한 물건을 챙기고 조용히 나가려 하자 어머니가 다가왔다.

"내일 같은 곳에서 수능 치르는 친구가 있거든요. 걔네 집에서 자고 아침에 같이 출발할 거예요."

"중요한 날인데 집에서 푹 자지 그러니. 잠자리 바뀌면 잠도 잘 안 올 텐데……. 아침에 든든히 먹고 가라고 소고기도 사왔단다."

"수능 끝장나게 잘 보고 저녁 때 먹을게요!"

"얘도 참…… 그래. 조심히 갔다 오고, 잘 보고 오려무나. 엄마 아빠가 바빠서 같이 못 가주는 게 미안하구나. 다른 부모들은 교문 앞에서 절까지 한다던데."

"아, 절대 그러지 마요. 창피하니까."

신발을 신은 최창수가 현관문을 열었다.

"합격하고 올게요!"

자신 있게 한 마디 남기고 곧장 밖으로 향했다. 그의 발걸음이 향하는 건 친구 집이 아닌 천안역이었다.

'내일은 중요한 날이니까.'

운수 대통령을 확인했다.

〈행운의 아이템 : 모나미 볼펜 한 다스〉

〈행운의 색깔 : 찐한 검은색〉

〈행운의 장소 : 노숙자가 열 명 이상인 곳〉

비록 수능에 자신은 있지만 막상 때가 다가오니 뭔가에 기대고 싶었다.

그게 바로 운수 대통령.

수능 전날에도 운을 극대화하고, 최상의 상태로 수능을 맞이하고 싶었다.

늦은 밤인데도 불구하고 천안역에는 행인이 제법 있었다.

아직 역 내부로 들어가지도 않았는데 벌써부터 노숙자가 한두 명씩 보이기 시작했다.

누구는 계단에서 자고 있고, 누구는 구걸을 하고 있었다.

남들은 노숙자를 보면 인상을 찌푸리지만 최창수는 오히려 동질감을 느꼈다. 자신도 여행자금이 부족할 때는 종종 노숙을 했으니까.

자신이 여행을 했던 것처럼, 그들 또한 여행 중이라 여겼다.

'오늘 밤은 여기다!'

한참을 방황하던 최창수는 역 근처에서 잠자리를 정했다. 바로 뒤에 풀숲이 있어서 벌레가 꼬일 거 같지만, 이 자리가 그나마 가장 깨끗했다.

준비해 온 담요를 꺼내 바닥에 깔았다. 그 위에 철푸덕 주저앉아 편의점에서 구매한 샌드위치를 꺼냈다.

'맛있네.'

여유롭게 주변을 둘러봤다.

오렌지 빛 가로등 빛을 받으며 한적한 밤거리를 걸어 다니는 사람들. 그리고 자유분방한 삶을 보내고 있는 노숙자 무리.

그 풍경에 수능으로 인해 갑갑했던 숨통이 확 트였다.

'이것도 여행이라면 여행이겠지?'

이번 년도에는 여행을 전혀 못 갔다. 때문에 지금의 이 선택이 정말로 만족스러웠다.

바닥에 드러누우니 탁 트인 하늘이 보였다. 비록 별은 없었지만, 바라만 봐도 기분이 좋았다.

그 하늘에 난데없이 수염이 덥수룩한 남자가 등장했다.

"너 뭐냐?"

"……그쪽은 누구세요?"

몸을 후딱 일으켰다.

꾀죄죄한 옷차림과 덥수룩한 머리카락과 수염. 딱 봐도 평범한 내공의 소유자가 아니었다.

"나 이 자리 주인인데, 너 뭐냐?"

"주인이라고요?"

"그래. 이 벽돌 타일에 적힌 내 이름 안 보이냐?"

"……안 보이는데요?"

"네 마음씨가 나빠서 그래."

"뭔 소리에요. 저 엄청 착하거든요?"

"그래? 착하단 말이지. 그럼 나 라면이나 한 컵 사줘, 그럼 믿어줄게."

"좋아요."

최창수가 노숙자와 함께 편의점에 들어갔다. 샌드위치 두 조각으로는 부족해서 노숙자와 함께 사이좋게 라면을 사 먹었다.

"크아! 이제 좀 살겠네. 오늘은 허탕인 줄 알았건만."

"이제 저 착한 거 믿으실 거죠?"

"아냐, 아직 부족해. 음료수까지 사주면 믿어주마."

"좋아요."

망설임 없이 음료수 두 캔을 구매해 한 캔을 노숙자에게 건넸다.

그리고 뭔가 속았다는 기분이 들었다.

'내가 왜 이 사람한테 먹을 걸 사줬지?'

노숙자들 사이에서도 영역이 존재한다는 사실은 익히 알고 있다. 자신이 남의 영역을 침범했다는 사실에 순간 당황한 나머지 그만 끌려 다녀버리고 말았다.

"너 좋은 놈이구나."

"당연하죠."

좋은 일 한 셈 치기로 했다.

"좋아, 너 마음에 들었다. 특별히 내 자리 절반 빌려줄게."

"고맙네요."

"그런데 이름이 뭐냐?"

"최창수요. 아저씨는요?"

"내 진명은 밝힐 수 없어. 넘버 쓰리라고만 알아둬."

"알겠어요, 넘버 쓰리."

노숙자 중 현실을 잊기 위해서 스스로 만든 세계에 틀어박혀 있는 사람이 제법 있다는 것 정도는 충분히 알고 있었다.

그리고 그 설정에 어울리는 게 현명하다는 걸 몇 번의 경험이 말해줬다.

"딱 봐도 학생 같은데 왜 집에 안 가고 노숙이냐? 가출했어?"

"아뇨. 내일 최강대에서 수험 보거든요. 늦지 않으려고 미리 근처까지 온 거예요."

"그럼 모텔을 가지, 너 혹시 바보냐?"

"넘버 쓰리보다는 똑똑할 걸요."

"내 아이큐가 5만 2천인데 나보다 똑똑하다고?"

"이봐요, 넘버 쓰리. 뻥을 쳐도 적당해야 맞장구를 쳐주죠."

"허, 이놈 봐라. 잘 봐라."

넘버 쓰리가 허름한 가방에서 종이뭉치를 꺼냈다. 간단한 사칙연산이 있는 문제집이었다.

넘버 쓰리는 진지하게 고민하면서 그 문제를 풀었다. 그리고 정답을 맞히고 최창수에게 보여줬다.

"자, 봐라. 완벽하지."

"아, 네…… 완벽하네요."

어이가 없어서 맞장구 쳐주기도 힘들었다.

"이렇게 똑똑한 분이 왜 노숙하세요?"

"사실 나, 다른 미래에서 넘어왔어."

엄청난 비밀이라도 밝히듯 넘버 쓰리가 귓가에 속삭였다.

"15년 뒤, 지구 곳곳에 게이트가 생기고 괴물이 쏟아져 나와. 지구의 절반이 초토화되고 인간은 이능력을 얻어서 그 괴물을 처치하지. 괴물의 사체는 엄청난 가격에 거래돼, 지금은 학력이 인간의 재력과 권력의 기준이라면. 그때는 이능력의 등급이 모든 것의 척도가 돼."

"호오, 그래요?"

"내가 살던 40년 뒤에 미래는 게이트의 주인인 데스윙에게 멸망당했지. 난 결정된 그 미래를 바꾸기 위해서 과거로 넘어온 거야."

"그럼 게이트가 열렸을 때로 이동했어야죠."

"바보냐! 15년 동안 차근차근 계획을 짜기 위해서가 당연하잖아! 돈 한 푼 없이 회귀한 게 문제였지만. 그 당시 번 돈을 가져왔으면 잡스보다 부자였을 걸?"

넘버 쓰리가 밤하늘을 올려다봤다.

"이 세계의 평화를 위해서라도 난 반드시 최강의 헌터가 되어야만 해. 지금은 노숙자지만, 15년 뒤에는 레드카펫을 걷고 있을 걸?"

"비장하네요."

"당연하지. 그 놈의 데스윙 때문에 난 가족을 잃었어, 절대 용서 못 해."

넘버 쓰리가 천진난만한 얼굴로 최창수를 바라봤다.

"넌 나한테 라면이랑 음료수를 사줬으니까! 게이트가 열리면 제일 먼저 너부터 구해주마!"

"풉. 게이트가 열리면요."

자신과 완전 다른 세상에 살고 있는 듯 하지만, 대화를 나누면 나눌수록 나쁜 사람은 아닌 거 같았다. 오히려 인생을 즐기는 것처럼 보여서 호감이 갔다.

두 사람은 새벽 1시까지 대화를 나눴다.

주된 얘기는 당연히 게이트와 괴물에 관한 거였다.

"최초의 게이트는 경기도 파주시에서 발견됐어. 그 동네가 가장 먼저 쑥대밭이 됐지."

"능력은 어떻게 얻어요?"

"괴물을 처치하면 혼돈석이란 작은 보석이 나와. 그 보석을 먹으면 돼!"

"넘버 쓰리는 무슨 능력을 가졌는데요?"

"난 일격필살. 어떤 놈이든 한 방에 골로 보내버렸지."

"근데 왜 데스윙한테는 졌어요?"

"놈은 날개를 갖고 있어. 땅만 기어 다니는 나로서는 손가락도 까닥 못했지 뭐냐. 그래서 이번 생에는 제트엔진을 구매하려고. 그걸로 자유롭게 비행하면서 데스윙을

없애는 거야!"

"응원할게요."

새벽하늘에 두 사람의 박장대소가 울려 퍼졌다.

'아오, 불편해. 아오, 시끄러!'

새벽 2시가 돼서야 잠자리에 들게 됐다.

하지만 바닥이 너무 딱딱하고, 바로 옆에서 넘버 쓰리가 엄청난 소리로 코까지 골고 있으니 잠이 들어도 금방 깨게 됐다.

'큰일이다. 포부는 좋았는데, 잠을 못 잤다가는 내일 분명히 후회할 거야.'

차선책으로 다른 장소로 이동했다.

이곳도 불편한 건 마찬가지였지만, 그래도 잠에서 깨는 일은 없었다.

"야."

잘 자고 있자니 누군가가 어깨를 두들겼다.

눈을 뜨니 넘버 쓰리가 부담스러울 정도로 가까이 있었다.

"아침이다, 일어나."

그 말에 부스스한 눈을 비비며 시간을 확인했다.

아직 6시 30분.

입실시간까지는 제법 여유가 있었다.

"밥 먹으러 가야지."

"밥이요?"

"요 근처 국밥집이 7시부터 8시까지만 공짜로 밥을 주거든. 늦어서 손가락 빨지 않으려면 지금부터 출발해야 해."

"저 밥 사먹을 돈 있는데요?"

"아껴야 잘 살지. 내가 쏠 테니까 따라 와. 끝내주게 맛있어."

"공짜라면서 넘버 쓰리가 쏘긴 뭘 쏴요."

투덜거리면서도 넘버 쓰리의 뒤를 따랐다. 돈을 아끼면 좋고, 일찍 일어난 만큼 이른 아침식사를 하고 수험장으로 향해 조금이라도 더 공부를 하면 되니까.

도착한 곳은 수험장에서 10분 정도 떨어진 곳에 위치한 국밥집이었다.

넘버 쓰리의 말대로, 국밥집은 벌써부터 인산인해를 이뤘다.

"좋아, 다행히도 성공한 모양이다. 아줌씨! 여기 순대국밥 두 그릇이요!"

"예이~"

먹음직스러운 순대국밥 두 그릇이 바로 테이블에 놓였다. 입맛에 맞춰 간을 하고 한 숟가락 뜨니 구수한 맛이 입안에 퍼졌다.

"맛있냐?"

"되게 괜찮은데요?"

"그치? 15년 뒤에 게이트가 열리고 부자가 되면 이 집 주인장한테 10억을 줄 거야. 이곳이 없었다면 난 굶어죽었을 테니까."

"저도 잊지 말고 라면값 갚으세요."

"라면 값만 갚겠냐? 너한테는 라면회사를 사주마."

"약속입니다."

기약 없는 약속.

하지만 괜히 기분이 좋았다.

두 사람은 조용히 국밥을 먹었다.

든든했던 그릇이 전부 비었을 때. 넘버 쓰리가 말 없이 일어났다.

"어디 가요?"

"벌써 8시야. 슬슬 헤어질 시간이다."

"음, 확실히. 지금가야 여유롭겠네요."

가방을 주섬주섬 챙기고 넘버 쓰리와 함께 밖으로 나갔다.

넘버 쓰리는 왼쪽을 가리켰고, 최창수는 오른쪽을 가리켰다.

"난 다시 역으로 돌아가 데스윙을 처치할 방법을 궁리해야겠다. 수험이 있다고 했지? 잘 봐라. 생각해보니 머리 좋은 놈들은 전부 훌륭한 헌터가 되더라."

"그럼 전 최고의 헌터가 되겠네요."

"무슨 소리! 최고는 나야, 조금 띄워줬다고 기어오르지 말라고."

"네네, 조심히 가요."

"참. 네게 이걸 주마."

넘버 쓰리가 주머니를 뒤적여 돌을 꺼냈다. 길바닥에서 흔히 볼 수 있는 작은 돌이었다.

"혼돈석이야. 두 가지 능력을 얻으려고 두 개 갖고 왔는데, 이것도 인연이니 네게 하나 주마."

"데스윙 잡는다면서요."

"15년이나 생각하면 녀석을 완벽하게 처치할 방법이 떠오르겠지. 사양 말고 받아라."

"뭐…… 고마워요."

일종의 부적으로 받아들이기로 했다.

"시험 잘 보고, 꼭 성공해라. 그 녀석처럼 살지 마."

"……네?"

방금 전까지 헌터를 자처하던 넘버 쓰리가 갑작스레 진지해졌다.

"배운 거 없고, 뭔가를 할 의욕도 없는 친구가 있었어. 조금만 노력하면 남들만큼 살 수 있었는데 속세에 물들지 않겠다고 절에 들어갔다가, 그 삶에도 질려 하산하니 노숙자 말고는 할 게 없다 하더라."

"……."

"그래도 녀석은 주어진 상황에 적응해서 잘 살고 있더라고. 아마 어릴 적부터 이 세상의 주인공은 자신이라 생각해서 그런 거 같아."

"……그거, 넘버 쓰리 얘기에요?"

"뭐라는 거야. 난 최강의 헌터, 이건 내 친구 얘기야."

넘버 쓰리가 하늘을 올려다봤다. 그대로 한참을 서 있다가, 갑자기 도망치듯 자리를 떴다.

멀어져가는 그의 뒷모습을 굳이 잡으려하지는 않았다.

'주인공처럼 살아라라…….'

가슴에 와 닿는 말이었다.

그 말을 곱씹으며 걷다보니 수험장에 도착했다.

"헉!"

수험까지 40분은 더 남았건만!

벌써부터 교문 앞에는 수백 명의 학부모가 절을 하고, 기도를 하면서 하나 둘 자식을 전쟁터로 보내고 있었다.

'부모님이랑 같이 왔으면 고생 좀 했겠네.'

분명히 이 자리에 있는 학부모들은 자식이 수험을 치르고 나올 때까지 엄동설한 속에 서 있을 거다.

아무리 추워도, 아무리 힘들어도, 자기보다 더 힘들었을 자식의 합격을 바라며…….

'이제 정말 마지막이다!'

오늘만 고생하면 내일부터는 모든 걸 잊고 마음껏 놀 수 있다.

마지막에 마지막까지 최선을 다하기 위해서 운수 대통령을 확인했다.

세 가지 조건을 전부 충족하고 수험에 임하고 싶었으니까.

"이, 이게 뭐야!"

운이 좋아서 세 가지 중 두 가지는 바로 해결할 수 있었다. 하지만 나머지 하나는 감히 엄두도 못 낼 조건이었다.

〈행운의 아이템 : 주머니 속 휴대폰〉

· · · ◈ · · ·

입실시간까지 5분밖에 남지 않았다.

하지만 최창수는 교문을 넘지 못했다.

'어쩌지?'

너무나도 당연한 사실이지만 수능 때는 휴대폰을 전부 걷는다. 안 그러면 부정행위로 간주되어 몇 년의 노력이 물거품 되니까.

물론 발각되지만 않으면 문제없지만, 이 세상 어느 수험생이 그 작은 희망에 몇 년을 걸까?

'그냥 버리고 갈까?'

자신의 실력에 충분한 믿음이 있다.

그 실력으로 수능을 치러도 최강대학교 합격은 할 수 있다. 하지만 최창수의 목표는 이왕 합격할 거면 장학생으로 합격하자였다.

하지만 수험생은 좀 더 높은 점수를 받기 위해서라면 몇 백만 원짜리 부적도 구매하고, 병원에 실려 가도 참고서를 피는 생물이다.

이 기형적인 현상은 명문대 졸업장이 없으면 성공할 수 있는 기본조건에도 올려주지 않는 사회와, 학구열에 미친 부모가 만들어 낸 폐해지만.

지금 이 순간만큼은 최창수도 그 수험생이다.

'잠깐, 그러고 보니 주머니 속이라고만 했지. 어떤 주머니인지는 정확하지 않잖아?'

운수 대통령을 사용하면서 불편한 점이 있다면 바로 행운 조건을 몇 개나 달성했는지 알려주지 않는다는 것.

좋은 점이라면 애매하게 달성해도 된다는 점.

최창수는 가방 주머니에 휴대폰을 넣고 바로 수험장으로 향했다.

벌써부터 만석이었고, 수험생들은 죽은 듯이 참고서만 살피고 있다.

조용히 자신의 자리에 앉아 수험증을 꺼냈다. 그리고 휴대폰이 들어있는 가방은 사물함 위에 올려뒀다.

'좋았어.'

앞으로 1분 후면 감독관이 들어온다.

최창수는 바로 자리에 앉으려 했다. 그때 사물함에서 진동이 들렸다.

'아! 전원을 안 껐구나.'

후다닥 달려가 휴대폰을 꺼냈다.

그리고 눈앞이 새하얘졌다.

〈행운의 아이템과 거리가 떨어져 행운이 조금 하락합니다.〉

'아니! 떨어져봤자 얼마나 떨어졌다고!'

이를 어쩌나 싶었다.

'이렇게 된 이상 내 운을 한 번 믿어보자!'

아직 1교시다.

여차해서 발각되면 깜빡했다고 면죄부를 얻을 수 있다. 안 걸리면 재빠르게 시험을 마치고 기가 막힌 방법을 떠올리면 된다.

"거기 학생. 안 앉고 뭐해?"

때마침 감독관이 들어왔다.

최창수는 후다닥 휴대폰을 주머니에 넣고 자리에 앉았다.

"다들 오늘을 위해 열심히 노력했겠지? 마지막까지 최선을 다하고. 지금부터 휴대폰을 걷겠다."

일제히 일어난 수험생들이 휴대폰을 교단에 두고 돌아왔다.

그 중 최창수만 자리를 지키고 있으니 감독관이 물었다.

"학생은 왜 안 내?"

"휴대폰 없거든요."

"그래? 흠……."

감독관 생활의 경험을 되짚었다.

실제로 집에 두고 오는 학생도 있지만, 컨닝을 시도하려고 거짓말을 하는 학생도 있었다.

그리고 이 경우 의심을 갖고 조사를 해봐야 할 필요성이 있다.

감독관이 가까이 다가와 최창수를 바라봤다.

'표정은 거짓말을 하지 않지.'

유심히 최창수를 살폈다.

아무것도 모른다는 순진무구한 표정. 이 표정에서 우선 의심이 절반 줄었다.

그리고 나머지 절반은 어제의 기억이 줄여줬다.

"너 혹시. 어제 천안역에 있던 학생 아니니?"

어젯밤.

이 학교에서 감독관 역할을 맡은 교사들과 거하게 마시고 집으로 돌아가던 도중, 노숙자와 동숙하고 있는 최창수를 봤다.

"네. 맞는데요."

"집은 어쩌고?"

"아, 그게……."

그 일을 어떻게 설명하면 좋을지 싶었다.

그게 결정적이었다.

"혹시…… 먼 지방에서 올라왔니?"

"네?"

학교 규모가 심각하게 작은 시골 학생들은 수험날이 되

면 도시로 올라온다. 그 시즌이 되면 찜질방과 모텔이 말도 안 되게 숙박비를 조정한다.

시골에서 올라왔지만 숙박비가 없어 노숙을 하게 된 최창수.

감독관의 머릿속에는 벌써 그 공식이 성립되어 있었다.

'그런 학생이 휴대폰을 갖고 있을 리가 있나!'

당장 자신만 해도 교대 수능 날, 시골에서 올라와 숙박비가 모자라 역에서 지냈던 적이 있다.

최창수로부터 그때의 자신이 겹쳤다.

"시험 잘 보고, 꼭 합격하거라!"

뜨겁게 불타오르는 가슴, 감독관은 눈물을 참으며 교단으로 돌아갔다.

'뭐지?'

남겨진 최창수는 얼떨떨했다.

마침내 시험지가 배분되고 수능이 시작됐다.

첫 시간은 언어영역!

걸어 다니는 국어교과서가 될 정도로 모든 지식을 머릿속에 집어넣었다.

덕분에 다른 학생들은 많아봤자 두 번밖에 하지 못한 재검토를 최창수는 무려 네 번이나 하게 됐다.

'운이 좋으면 만점이겠어!'

두 문제를 제외하고 나머지는 확신을 갖고 풀었다.

운수 대통령의 효과도 있으니 어지간해서는 만점일 거라

생각됐다.

1교시 때 휴대폰을 제출했으므로 2교시 때부터는 더 이상 휴대폰 검사를 하지 않았다.

물론 몇 몇 반은 깐깐한 감독관이 재검사를 실시했지만, 최창수는 운이 좋았다.

덕분에 편안한 마음으로 수능에 임할 수 있었다.

· · · ◈ · · ·

한 겨울이라 수능이 끝났을 때는 슬슬 밖이 푸르스름해지고 있었다.

최창수는 딴길로 새지 않고 바로 집으로 향했다.

"다녀왔어요."

"우리 아들! 수능은 어땠니?"

어머니가 단걸음에 달려오셨다.

아버지는 소파에 가만히 앉아있었지만, 두 눈은 자신을 향하고 있었다.

"당연히 잘 봤죠! 최강대 합격은 우스울 걸요?"

"아이고, 기특한 우리 자식!"

어머니가 와락 포옹을 했다. 그리고 울음소리가 귓가에 닿았다.

"정말 고생 많았다…… 이제 푹 쉬렴."

"엄마도 참! 다 끝난 저도 안 우는데 왜 우세요!"

깜짝 놀라 황망히 어머니의 눈물을 닦았다.

"우는 건 저 합격하고 울어도 되니까, 울지 마세요."

"엄마가 널 얼마나 걱정했는데! 펑펑 놀다가 나중에 잘 못되는 거 아닌가 하고……."

"펑펑 놀았어도 엄마 가슴에 쐐기는 안 박았을 거예요."

"그럼. 다른 집 자식도 아니고, 우리 집 자식인데."

어느 사이 가까이 다가온 아버지가 근엄한 목소리로 말했다. 그리고 최창수에게 착 달라붙은 어머니를 터프하게 자기 품으로 낚아챘다.

"그리고 너 인마, 남의 여자 품에 안지 마라."

"엄마가 먼저 안겼는데 뭔 소리에요."

"됐고, 먹고 싶은 거 골라."

아버지의 필체로 적힌 메뉴판이 손에 쥐어졌다.

"네 아빠가 하루 종일 고심하면서 적은 거야."

"어허! 뭘 쓸데없는 걸 말해."

그 말에 그려졌다.

자신이 최선을 다해 수능에 임하는 동안, 그에 필적하는 노력으로 아들이 좋아하는 음식을 고심하면서 하나하나 적었을 아버지가……

'난 진짜 행복한 거 같아.'

이 집안의 자식으로 태어난 걸 그 어느 때보다 감사하게 여겼다.

수능이 끝났다.

수험생에게 있어서는 다시 태어나는 날이었다.

"야…… 우리 반 애들이 원래 이렇게 예뻤냐?"

바로 옆에 앉은 친구가 넋을 놨다.

최창수는 주변을 둘러봤다.

수능이 끝난 이상, 졸업 때까지 더 이상의 수업은 없다. 그리고 3학년 한정으로 모든 교칙이 통하지 않게 된다.

사복등교도 좋고, 말없이 조퇴 및 결석 후 PC방으로 달려가도 괜찮다. 남학생 몇은 벌써 PC방으로 달려간 상태다.

하지만 여학생들은 아니었다.

공부에만 힘쓰느라 외모치장에는 소홀했던 그녀들!

며칠 전까지만 해도 눈길도 안 가던 여학생들이 지금은 눈길을 사로잡는 존재가 됐다.

화려하게 바뀐 머리카락과 아름다움을 증폭시키는 화장.

하루아침에 딴 사람이 된 여학생들은 자신을 쫓는 남학생들의 시선을 즐기고 있었다.

서유라고 예외는 아니었다.

"최창수!"

9시 10분.

방금 막 등교한 서유라가 교실에 들어오기가 무섭게 최창수에게 달려왔다.

"나 어때?!"

가까이 다가온 그녀를 바라봤다.

은은하게 빛나는 갈색 머리카락.

연분홍빛 입술과 눈을 강조하는 스모키 화장.

많은 여성들이 하는 화장이었고, 그 덕에 서유라도 제법 어울렸다.

"예쁘긴 한데."

"하, 한데……?"

"넌 수수한 게 더 잘 어울려."

서유라와 알고 지낸 기간만 6년이다. 그동안 봐온 서유라는 수수한 매력이 느껴지는 여성이었고, 때문에 평범한 화장법마저 화려하게 다가왔다.

"가벼운 색조화장만 하는 게 어떠냐?"

"야."

나름의 조언을 하자 친구가 옆구리를 찔렀다.

"너 보여주려고 꾸미고 온 애한테 뭔 소리야."

"아."

그제야 오지랖이 너무 심했다는 걸 알아차렸다.

서유라가 자신을 위해 시간 들여 화장했다는 것 정도는 알고 있는데.

그 증거로 아까까지만 해도 기대에 차 있던 서유라의 얼굴에 표정이 사라져 있다.

"수수한 게 어울린다고?"

"어? 아, 아냐! 지금도 엄청 잘 어울려!"

"피…… 거짓말. 기다려 봐."

서유라가 교실에서 나갔다.

남겨진 최창수는 어쩌면 좋을지 친구와 진지하게 상담을 나눴다.

잠시 후.

마땅한 해결책도 나오지 않았는데 서유라가 돌아왔다.

여전히 화장한 얼굴이긴 했지만, 상당히 수수하게 변한 모습이었다.

"이제 어때?"

"음, 그게……."

"솔직히 말해. 거짓말하면 화낼 거야."

서유라가 인상을 찌푸렸다.

한숨을 내쉰 최창수는 솔직한 심정을 토했다.

"아까보다 훨씬 낫네."

"정말?"

"그래. 역시 넌 수수한 게 어울려."

"히히…… 창수가 어울린대."

두 손으로 입가를 가린 서유라가 수줍게 웃었다. 진심으로 행복해 보이는 그 미소. 만족했는지 더 이상 묻지도 따지지도 않고 얌전히 자리로 돌아갔다.

그 다음 날부터 서유라는 수수한 모습으로 등교를 했고, 그런 그녀를 신경 쓰고 있자 벌써 최강대학교 합격발표 날이 다가왔다.

"며, 몇 시 발표랬지?"

바로 뒤에 빈 의자가 있는데, 굳이 최창수와 한 의자에 착 달라붙어 앉은 서유라가 발음을 더듬었다.

"10시니까 이제 곧 발표네. 근데 넌 이미 합격했으니까 왜 그렇게 떨어?"

"바보야! 당연히 네 문제니까 떨지!"

"무조건 합격이니까 떨지 마."

그 말처럼 최창수는 전혀 불안해하지 않았다. 자신은 당연히 합격할 예정이니까.

그 동안 확신을 가졌던 일은 언제나 성공적이었다.

'반드시 합격이야!'

드디어 10시가 됐다.

최창수의 최강대 합격 여부.

서유라를 포함해 모든 학생, 그리고 선생들의 관심대상이라서 최창수 주변이 소란스러워졌다.

띠링.

합격여부 링크가 담긴 메시지가 수신됐다.

긴장을 꿀꺽 삼키며 그 링크를 클릭했다.

빠르게 뜬 최강대 합격 홈페이지.

정성스럽게 이름과 주민번호를 입력, 그리고 확인을 눌

렸다.

다른 페이지로 넘어가는 흰 화면이 송출된다.

주소 밑에 있는 게이지가 전부 다 차면 바로 합격여부를 알 수 있다.

한 번에 접속자가 몰린 덕분에 게이지가 상당히 느린 속도로 차올랐고, 그 덕에 긴장감은 배가 됐다.

이윽고 마침내 뜬 합격자 명단……

그걸 본 순간 최창수는 할 말을 잃었다.

〈2016년 최강대학교 영어영문학과〉
〈수험번호 1025-0813 / 최창수 / 합격〉

"우오오오오오오!"

환호성이 터졌다.

"창수야, 축하해!"

"와, 말도 안 돼! 진짜 합격했다고?!"

"너 진짜 미친놈이구나!"

사방에서 친구들이 최창수를 둘러쌌다. 숨이 갑갑했지만 그 어느 때보다 기분 좋았다.

"이야! 내가 바로 최강대 학생이다!"

기분이 너무 좋아서 계속 소리를 질렀다. 친구들도 같이 어울려 소리를 질렀고, 소란스러움이 궁금했는지 옆 반 학생들이 몰려들었다.

    그리고는 최창수의 최강대 합격소식을 듣고 침을 흘리며
부러워했다.

    한편.

    똑같이 최강대에 합격한 구자용은 그 모습에 혀를 찼다.

    '그깟 합격이 뭐 대수라고.'

    모두의 축복을 받고 있는 최창수.

    그에 비해 누구의 축복도 받지 못하는 자신.

    "젠장……."

    자신이 너무나도 비참했다.

〈2권에서 계속〉